DREAMBOOKS★

DREAMBOOKS★

수라왕 3

이대성 신무협 장편소설

dream books
드림북스

수라왕 3

초판 1쇄 인쇄 / 2014년 3월 27일
초판 1쇄 발행 / 2014년 4월 3일

지은이 / 이대성

발행인 / 오영배
책임편집 / 편집부
펴낸 곳 / (주)삼양출판사 · 드림북스

주소 / 서울특별시 강북구 솔샘로67길 92
대표 전화 / 02-980-2112 팩스 / 02-983-0660
편집부 전화 / 02-980-2116 팩스 / 02-983-8201
블로그 / blog.naver.com/dreambookss

등록번호 / 제9-00046호
등록일자 / 1999년 3월 11일

값 9,000원

ISBN 978-89-542-5436-6 (04810) / 978-89-542-5433-5 (세트)

* 지은이와 협의하에 인지는 생략합니다.
* 잘못된 책은 구입한 곳에서 바꾸어 드립니다.

이 도서의 국립중앙도서관 출판시도서목록(CIP)은 서지정보유통지원시스템홈페이지(http://seoji.nl.go.kr)와
국가자료공동목록시스템(http://www.nl.go.kr/kolisnet)에서 이용하실 수 있습니다.
(CIP제어번호: 2014009713)

수라왕 3

이대성 신무협 장편소설

dream books
드림북스

차례

序章

오랜만에 만난 그는 무척이나 기분이 좋아 보였다.

모든 것이 편안해 보였고, 그의 주변 공기만 유달리 밝아 보일 정도로 몹시 들떠 있었던 것이다.

"왜 그렇게 들떠 있어?"

그는 내 질문에 그답지 않게 밝게 웃으며 대답해 주었다.

"쓸 만한 제자를 찾았거든."

"호오? 그럼 드디어 제자를 받는 건가? 축하해."

그는 내 축하에 잠시 멈칫했다가 고개를 저었다.

"아니, 아직은 아니야. 하지만 곧 받게 되겠지. 시간문제일 뿐이니까."

아직은 아니다?

그의 이런 애매한 대답에 대강 사태를 파악한 내 얼굴에는 숨길 수 없는 장난기가 떠올랐다.

"설마…… 차인 거야? 그 녀석이 제자가 되기 싫다고 한 모양이지?"

순간 그의 얼굴에 망설이는 기색이 떠올랐다.

"……비슷해."

나는 그의 얼굴에 떠올라 있는 곤란함을 읽고 화사하게 웃었다.

그리고 물었다.

"싫은 이유가 뭐래?"

이어지는 내 질문에 그는 조금 전보다 더욱 난감한 표정을 짓더니 말없이 오른쪽 눈에만 쓰고 있는 외눈 안경을 만지작거리기만 했다.

나는 재차 질문했다.

"대답하기 어려운 이유인가 보지?"

"……조금은?"

"그래도 말해 봐. 내가 도와줄 수도 있잖아?"

"네가?"

그의 얼굴에 선명한 고민의 빛이 떠올랐다.

그러다 결국 마지못한 얼굴로 그가 입을 열었다.

"그냥 내가 싫다더군. 그게 전부야."

"뭐?"

나는 현재 '천하제일인'이라 불리는 그를 보며 잠시 멍한 얼굴을 해 보였다.

그러다 그가 민망한 표정으로 고개를 돌리자 나는 결국 참지 못하고 웃음을 터트렸다.

"푸하하핫!"

나는 정말 한참 동안 배를 잡고 웃었다.

그는 그런 나를 곤혹스러운 얼굴로 바라만 보았다.

"웃지만 말고 방법을 생각해 봐. 난 지금 심각하니까."

"내가 도와주면 너는 나에게 무얼 해 줄 거야?"

"공짜가 아니었군."

"당연하지. 이 세상에 공짜는 없잖아?"

"거래라……."

"오랜만에 하는 거지? 나와의 거래는?"

내 말을 들은 그의 입가에 서서히 희미한 미소가 떠올랐다.

나는 그의 이런 미소가 참으로 좋았다.

참으로 거짓이 없는 순수한 미소였기 때문이다.

— 고금제일마 초류향과 만났던 어느 날.

냉하영의 회고록에서 발췌.

第一章

남만야수문

조기천은 침상에서 몸을 일으키다 얼굴을 찌푸렸다.

오른팔에 감각이 없었다.

어깨부터 손가락 끝까지.

마치 팔 모양을 한 고깃덩어리를 붙여놓은 듯한 이질감이 느껴졌다.

그런 오른팔을 주물럭거리며 조기천은 기억을 곱씹어 보았다.

'이무기라…….'

진법 안에 생명체가 존재한다는 것은 그의 지식에 비추어 생각해 볼 때 절대 불가능했다.

인간이 인위적으로 비틀어 만든 공간.

그것이 진법이다.

신이 만든 것이 아니라 인간이 만들었기에 그 공간은 지극히 부자연스럽고, 불안정했다.

생명체가 장기간 살 수 없는 공간인 것이다.

하지만…….

단 하나 예외가 있었다.

'그것을 확인해 봐야 한다.'

다시 한 번 진법 안에 들어가 꼭 알아봐야 할 게 생겼다.

놈에게 생으로 뜯겨 나간 오른팔.

그것은 조기천에게 어떠한 가능성을 보여 주는 것이기도 했다.

만약 지금 그가 생각하고 있는 가설이 맞다면 오른팔을 다시 되찾아 올 수도 있을 것이다.

조기천은 비틀거리는 몸을 억지로 일으켜 침상에 걸터앉았다.

그러다 문득 이상한 점을 깨닫고 의아한 표정을 지었다.

'너무 조용하구먼.'

본래도 그다지 시끄럽진 않았던 곳이지만 이건 지나치게 조용하지 않은가?

문을 열고 바깥으로 나가자 이상하게도 사람이 한 명도 보이지 않았다.

무언가 수상했다.

조기천은 서둘러 걸어 취의청으로 갔다.

다행히 그곳에는 사람이 있었다.

"뭐 좀 물어봐도 되겠소이까?"

정신없이 서류를 들여다보고 있던 빼빼 마른 중년 문사가 조기천을 보고 눈을 몇 번 깜빡였다.

그러다 이내 그의 눈가에 짙은 의심이 떠올랐다.

"그쪽은 누구신데 이곳에 계십니까?"

금방이라도 사람을 부를 듯한 그의 얼굴을 보며 조기천이 난감한 표정을 해 보였다.

이걸 어떻게 설명해야 할까?

잠시 고민하고 있는데 문득 공손천기가 주었던 목걸이가 떠올랐다.

불꽃이 넘실거리는 모양의 목걸이.

천마신교의 힘이 필요할 때 그것을 꺼내 보이면 된다고 하며 주었던 것이다.

"혹시 이것을 알아보겠소?"

과연 그 목걸이를 꺼내 보여 주자마자 중년 문사가 눈을 동그랗게 떴다.

중년 문사는 한동안 무언가를 생각하다가 곧 공손한 태도로 자리에서 일어나 조기천을 향해 허리를 숙였다.

"무슨 일로 이곳까지 오셨습니까?"

다행히 먹힌 모양이다.

조기천은 목걸이를 다시 품 안에 잘 갈무리하며 입을 열었다.

"물어볼 게 있소."

"제가 아는 것이라면 성심을 다해 답해드리겠습니다."

"여기까지 오는 동안 사람들의 모습이 전혀 보이지 않던데 무슨 일이라도 난 것이오?"

중년 문사는 차분하게 입을 열었다.

"교주님께서는 오늘 반야평에 나가셨습니다."

"반야평!"

조기천은 그제야 왜 이곳에 사람들이 없었는지 알 수 있었다.

천마신교와 정도맹이 목숨을 건 전투를 벌일 장소.

그곳이 바로 반야평인 것이다.

'오늘이었구나.'

그 생각을 떠올림과 동시에 뒷머리에 선뜻한 느낌이 스쳐 지나갔다.

어떤 불길한 생각이 머릿속에 떠올랐기 때문이다.

"류, 류향이는 어찌 되었소?"

중년 문사가 잠시 고개를 갸웃거리다가 금세 표정 관리를 하며 입을 열었다.

"혹시 초류향 소공자님을 말씀하시는 것입니까?"

"그렇소."

"공자님께서는 아침 일찍 흑치골에 오르셨습니다."

흑치골.

거기에는 악중패의 무덤이 있었다.

그 사실을 떠올리기가 무섭게 조기천의 얼굴이 새하얗게 질렸다.

아까부터 들었던 뒷머리를 잡아채는 듯한 불길한 느낌.

그것의 정체가 바로 이것이었던 모양이다.

"그 아이가 산에 오른 지 얼마나 되었소?"

중년 문사는 다급한 얼굴로 물어보는 조기천을 보며 덩달아 당황한 표정을 해 보였다.

"아, 아침 식사를 하고 오르셨으니 아마 반나절쯤 지난 것 같습니다만…… 한데 무슨 문제라도 있는 것입니까?"

조기천은 더 이상 이야기를 듣고 있지 않았다.

늙고 지친 몸을 채찍질해 가며 서둘러 흑치골을 향해 움직이고 있었기 때문이다.

* * *

[나는 용이 되고 싶다.]

예상했던 소원.

초류향을 내려다보는 이무기의 눈 깊은 곳에서 말로는 설명하기 어려운 어떤 간절함이 엿보였다.

[그것을 이루어줄 수 있겠는가? 작은 인간이여.]

두근—

아까부터 귓가에 천둥처럼 울리고 있는 심장박동 소리.

그것은 초류향의 것이 아니었다.

눈앞에 있는 거대한 이무기의 몸에서 흘러나오는 심장 소리가 귓가에 이명이 되어 울리고 있었던 것이다.

[겁먹지 마라, 애송이.]

겁을 먹지 말라고?

저 거대하고 위압감 넘치는 몸체를 보고도 어떻게 태연할 수 있단 말인가?

저 앞에서 멀쩡한 것이 오히려 이상한 일일 것이다.

[진짜 용은 이 녀석보다 훨씬 크다. 이놈은 진짜에 비한다면 귀여운 수준이지.]

제갈량의 말을 들은 초류향의 입가에 설핏 옅은 웃음이 스쳐 갔다.

재미없는 농담이었다.

하지만 제갈량의 이 어울리지 않는 농담 덕분에 초류향은 긴장이 조금 풀리는 것을 느꼈다.

가슴께를 움켜쥐었던 손을 천천히 내린 초류향이 조심스럽게 입을 열었다.

"제가 무엇을 어떻게 해 드리면 되겠습니까?"

천 년 전.

제갈량이 했다는 약속.

초류향에게는 그것을 지켜야 할 의무가 있다.

따지고 보면 초류향의 첫 번째 스승은 조기천이 아니라 제갈량이었다.

제갈량에게 정관법을 배웠고, 산법에 관한 막대한 지식들을 전해 받았다.

그래서 이렇게나마 보답할 수 있는 기회가 생겼다는 것에 초류향은 오히려 감사했다.

이번 일은 초류향의 입장에서 마다할 이유가 전혀 없는 일이었다.

진지한 얼굴을 하고 있는 초류향을 바라보던 이무기가 느릿하게 입을 열었다.

[용이 되어 승천하기 위해서는 여의주가 꼭 필요하다.]

초류향은 이무기의 말에 고개를 끄덕였다.

그랬다.

곰곰이 생각해 보면 가끔 들었던 용에 대한 이야기들 속에서도 여의주에 관한 내용은 항상 빠짐없이 있었다.

그렇다면 일은 단순했다.

이무기의 역린을 재료로 여의주라는 걸 만들면 되는 것이다.

초류향에게는 착환법(捉換法)이 있지 않은가?

제갈량에게서 정관법 다음으로 배운 이 착환법은 세상 만물의 숫자를 임의로 바꿀 수 있는 무시무시한 비술이었다.

'제한 사항이 좀 많은 게 흠이긴 하지만…….'

다행히도 지금 상황에서는 크게 문제될 것은 없어 보였다.

눈앞에 붉은빛을 사방으로 내뿜고 있는 비늘이 보였다.

이무기의 턱밑에 놓여 있는 저 역린.

착환법을 통해 저것을 여의주로 바꾸면 끝이었다.

별로 어렵지도 않은 일.

그렇게 간단히 생각하고 천천히 호흡을 고르는데 제갈량이 진지한 말투로 경고해 왔다.

[이번 일을 너무 쉽게 생각하지 마라, 애송이. 너는 역린이라는 것이 어떠한 물건인지 아느냐?]

초류향은 잠시 멈칫했다.

무슨 말을 하려는 것일까?

역린이 정확하게 무엇인지 초류향은 모르고 있었다.

아니, 알 리가 없었다.

애초에 이무기 자체를 오늘 처음 보는데 그것이 무엇인지 어떻게 안다는 말인가?

[용에게만 있는 게 역린이다. 그리고 용의 유일한 약점이 바로 그곳

이지. 한마디로 말하자면 섣부르게 잘못 건드렸다간 저놈이 죽을 수도 있다는 말이다.]

초류향은 저도 모르게 얼굴을 일그러뜨렸다.

왜?

왜 갑자기 이제 와서, 준비를 다한 이 상황에서 이런 이야기를 해 주는 걸까?

초류향은 이러지도 저러지도 못한 채 복잡한 표정을 지어 보였다.

그때 제갈량이 나직하게 말했다.

[저 녀석도 각오를 다졌으니 너도 각오를 하라는 말이다. 애송아.]

각오라…….

초류향은 무의식적으로 힐끗 고개를 들어 이무기를 바라보았다.

그리고 황급히 시선을 돌렸다.

이무기의 눈과 정면으로 마주쳤기 때문이다.

'이건…….'

순간 무겁고 거북스러운 무언가가 가슴속에 덜컥 내려앉는 느낌이 들었다.

[나는 너를 믿는다, 인간. 만에 하나 일이 잘못되더라도 그것은 내 운명이니 네가 신경 쓸 필요는 없겠지.]

초류향은 속으로 침음을 삼켰다.

각오를 다진다.

그것이 의미하는 게 무엇인지 이제야 분명히 느껴졌다.

눈앞에 있는 이무기는 승천에 앞서 이미 죽음까지 생각하고 있었던 것이다.

그런 결의가 느껴지는 눈과 마주쳐 버렸으니 이제는 빼도 박도 못하는 상황이었다.

[용도 이무기도 아닌 어중간한 상태로 무려 천 년을 버텨 왔다. 이제는 끝을 보고 싶다.]

초류향은 입을 다물었다.

그리고 눈을 감고 잠시 동안 천천히 심호흡을 했다.

'역시 세상에 공짜는 없다.'

그랬다.

세상에 공짜는 없었다.

그동안 제갈량에게 받은 것이 있으니 돌려준다.

등가교환(等價交換).

그뿐이다.

그렇게 긴장으로 위축되려는 마음을 억지로 부여잡고 초류향은 어금니를 꽉 깨물었다.

서서히 들려 올라가는 초류향의 양손에 물빛 기운이 맺히기 시작했다.

본격적으로 착환법을 펼치기 시작한 것이다.

*　　*　　*

"제법 장관입니다. 형님."

"그렇군."

"과연 월인도법입니다. 중원 놈들 전체가 이렇게 들썩거릴 줄이야……. 중원의 실력을 눈으로 볼 수 있는 흔치 않은 기회입니다."

구릿빛 피부를 가진 두 명의 사내.

그들 중 형으로 보이는 오만한 표정의 사내가 저 멀리 언덕 아래를 내려다보며 입을 열었다.

"운이 좋았다. 생각지도 않은 거물들이 미끼를 물었지. 덕분에 좋은 그림이 되었다."

"거물이라면 암흑마황과 태극검황을 말씀하시는 겁니까?"

"그래."

"형님께서도 놈들이 소문만큼 대단할 것이라 여기십니까?"

두 명의 사내.

그들은 중원인이 아니었다.

중원보다는 훨씬 남쪽.

남만에 위치했다는 사실만 알려져 있고 그 외엔 모든 것이 숨겨져 있는 신비의 문파.

남만야수문(南蠻野獸門).

그곳에서 나온 사람들인 것이다.

"나는 소문 따위 믿지 않는다. 직접 내 눈으로 본 것만을 믿지."

오만한 눈길의 사내.

현 야수문의 후계자이자 역대 최고의 재능을 타고났다는 남자.

구휘(嶇輝).

그는 입가에 가느다란 웃음을 그리며 말했다.

"다른 놈들은 몰라도 저 두 놈은 진짜다. 아버님도 쉽게 승부를 장담할 수 없을 것이다."

"설마 그 정도나……."

"그 정도다. 지금의 내 눈으로는 도저히 가늠이 되지 않을 정도지. 일이 제법 재미있어졌다."

구휘의 동생.

구문하(嶇紊夏)는 입을 다물었다.

그에게 있어서 아버지는 살아 있는 신이었다.

남만의 살아 있는 전설이자 신으로까지 추앙받는 아버지.

그런 아버지와 동격으로 취급되는 사람이 바로 형이다.

구휘.

다음 세대에 천하제일이 예정된 남자.

그런 그가 저렇게 말을 하니 믿을 수밖에 없었던 것이다.

"직접…… 눈으로 보겠습니다."

"그게 가장 좋겠지."

구휘는 저 멀리 떨어져 있는 천마신교와 정도맹을 보면서 속으로 웃었다.

월인도법을 제일 처음 발견한 것은 천마신교도 정도맹도 아니었다.

남만야수문의 구휘.

중원인도 아닌 그가, 제일 처음 월인도법의 흔적을 발견했었다.

그리고 위험 부담을 감수하고 직접 그 진법 안에도 들어가 보았다.

'덕분에 말도 안 되는 것을 보고 말았지만…….'

어렵사리 진법을 헤치고 안에 들어갔다.

진법에 대해 공부해 놓았던 것이 많은 도움이 되었다.

하지만 겨우겨우 들어가 그 안에서 마주친 것은 현실과는 너무나도 동떨어진 존재였다.

'용이라 해야 하나?'

인간이 아닌 것과의 만남은 구휘에게 익숙한 일이었다.

덕분에 두려워하지도 겁먹지도 않고 집채만 한 그것을 똑바로 바라볼 수 있었다.

그러자 보였다.

놈은 용이라는 신령스러운 존재가 아니었다.

정해진 때에 승천하지 못한 이무기였던 것이다.

그때 놈과 나눈 대화는 아직도 똑똑히 기억한다.

[아깝다. 재능이 조금 부족하군…….]

놈은 구휘를 보며 진정으로 안타까워했다.

그런데 재능이 부족하다고?

구휘는 눈살을 찌푸렸다.

[너는 선택받지 못했다. 그러니 이곳에 있는 것을 볼 자격이 없지. 돌아가라.]

구휘는 놈을 똑바로 바라보았다.

그리고 말했다.

"내 재능이 부족하다 했나?"

[그래. 조금 부족하다.]

"너는 나보다 뛰어난 인간이 있다고 보는가?"

놈은 웃었다.

구휘의 반응이 재미있다는 웃음이다.

[물론이다. 오만한 인간.]

태어날 때부터 제왕이 될 운명이었다.

그런 그가 부족하다니?

이런 적은 처음이라 구휘는 잠시 석상처럼 우두커니 서서 이무기를 바라보았다.

그러다 피식 웃었다.

"아쉽군."

힘을 써서 죽일까 했지만 그건 그의 방식이 아니었다.

그리고 그때 더 재미있는 그림이 머릿속에 그려졌다.

"부디 네가 생각하는 놈을 만났으면 좋겠다."

[곧 그리될 것이다.]

용과 작별하고 진법 밖으로 나온 구휘는 자신의 머릿속에 떠올랐던 구상대로 일을 진행했다.

그리고 그 결과가 바로 이것이다.

정마대전.

이 모든 일의 뒤에는 처음부터 남만야수문이 있었다.

어둠 속에 가려져 있던 그들이 서서히 세상을 향해 그 사나운 이빨을 드러내려 하고 있었다.

第二章

승천하는 용

백무량은 천천히 검을 뽑아 들었다.

무당파에서부터 그와 함께해 온 검.

단 한 번의 패배도 모르는 그의 무적검이 검집에서 뽑혀져 나왔다.

백아(白牙).

검을 뽑자 그의 주변 공기가 가늘게 요동쳤다.

기세가 한층 더 사납게 변한 것이다.

"자네는 내가 이 검을 뽑을 자격이 있지."

"고마워해야 하나?"

공손천기가 떨떠름하게 대꾸하자 백무량은 고개를 저었다.

"아니, 내가 오히려 고마워해야 하지. 그나저나 나는 이 아이를 쓸 텐데 그대는 빈손으로 할 텐가?"

공손천기는 편안하게 늘어뜨리고 있던 양손을 슬쩍 들어 올리며 말했다.

"이거면 충분해."

"과연……."

아무렇지도 않게 서 있는 듯했지만 공손천기의 전신에는 지금 바늘 하나 들어갈 만한 빈틈도 보이지 않았다.

그래서 좋았다.

오랜만에 피가 끓어올랐다.

'게다가…….'

이놈은 무언가 달랐다.

지금까지 만나 왔던 그 어떤 상대와도 다른, 설명하기 어려운 이질감이 있었다.

'그게 무엇인지 정확하게 모르겠지만.'

백무량은 거기에서 생각을 멈췄다.

눈앞에 있는 놈은 잡생각을 하면서 상대해도 될 정도로 만만한 놈이 아니었으니까.

"이렇게 관객들도 많으니 실망시키면 안 되겠지?"

웅웅웅—

백무량의 검이 가늘게 진동하더니 갑자기 살아 있는 잉어처럼 펄떡거리기 시작했다.

그 모습을 물끄러미 보고 있던 공손천기가 눈을 가늘게 떴다.

"일단은 가볍게……."

백무량이 그렇게 중얼거릴 때 그의 손에 들려 있던 검이 점점 밝은

광채를 뿜어내다가 돌연 시야에서 사라졌다.

공손천기가 고개를 옆으로 돌린 것은 그와 동시에 벌어진 일이었다.

피융—!

새하얗게 불타오르는 검이 공손천기의 귓불을 스치며 지나갔다.

그것을 멀리서 지켜보고 있던 무림인들 사이에서 외마디 비명이 터져 나왔다.

"이기어검술(以氣御劍術)!"

검술을 한계까지 수련하게 되면 한 자루 검 속에 담긴 힘을 극한까지 뽑아 쓸 수 있게 된다.

그것이 바로 어검술.

이기어검술은 그런 어검술보다도 한 단계 위에 있는 초상승의 경지였다.

그런 엄청난 것을 실제로 보게 된 무림인들은 벌써부터 흥분의 도가니에 빠져 있었다.

"이거 시작부터 사람 잡으려 드네."

공손천기는 피식 웃으며 말하다가 갑자기 몸을 뒤로 훌쩍 뒤집었다.

그러자 좀 전까지 그가 있던 자리에 백열하는 검이 스쳐 지나갔다.

백무량은 그 이상 공격하지 않고 검을 회수한 후 빙그레 웃었다.

"어떤가?"

"뭐가?"

"이 정도면 관객들에게 보여 줄 볼거리로 제법 괜찮지 않은가? 저들에겐 교주가 도망 다니는 모습이 꽤나 통쾌하게 보이겠지."

"도망이라……. 하긴 동태 눈깔을 가진 놈들이면 그렇게 볼 수도 있겠지.”

공손천기는 흐트러진 머리를 위로 쓸어 넘기며 씨익 웃었다.

“설마 그쪽도 그렇게 생각해?”

백무량은 고개를 저었다.

그는 알았다.

이번의 기습은 공손천기의 실력을 가늠해 보기 위한 간단한 견제였을 뿐이다.

그리고 화려했던 겉모습에 비해 소득이 적었다.

하지만 그 약간의 소득은 백무량을 흥분하게 만들기에 충분했다.

‘심안(心眼)이 뜨였다?’

이기어검술은 바로 지척에서 검을 휘두르는 것만큼이나 빠르다.

그것을 단순히 눈으로 보고 피한다는 것은 애초부터 불가능한 일이었다.

오로지 감각만으로 피해야 하는데 상대방은 그것보다도 오히려 반박자 더 빠르게 반응했다.

그 사실을 떠올리자 검 손잡이를 쥐고 있는 백무량의 손에 저절로 힘이 들어갔다.

그의 상대로 부족함이 없었다.

아니, 이건 오히려 생각했던 것보다 더한 괴물이 아닌가?

“젠장, 오랜만에 몸을 움직였더니 삭신이 다 쑤신다.”

공손천기는 팔다리를 가볍게 주물럭거리며 앓는 소리를 흘렸다.

그러다 작게 구시렁거리며 입을 열었다.

“어찌 되었건 이제 나도 뭔가 하나를 보여 줘야겠지?”

"기대하겠네."
백무량은 검을 움켜잡고 숨을 길게 내뱉었다.
몸 안의 탁기를 뽑아내며 상대의 반응을 기다리는 것이다.
"그럼 어느 걸로 보여 줘야 할까나……."
공손천기는 잠시 무언가 생각하는 얼굴을 하더니 곧 악동처럼 웃었다.
"그쪽도 최소한 내가 움직인 만큼은 움직여 줘야 공평하겠지?"
그 말이 시작이었다.
백무량은 갑자기 쥐고 있던 검을 정면에 곧추세웠다.
그러자 그와 동시에 눈에 보이지 않는 무언가가 검 끝에 닿았다.
펑—!
뒤로 주르륵 밀려나며 백무량은 눈살을 가볍게 찌푸렸다.
눈에 보이지 않는 무언가를 본능적으로 막은 것까지는 좋았다.
그런데 그 위력이 생각 이상이었다.
'장풍인가?'
하나 단순한 장풍으로 보기엔 담겨 있는 힘이 예사롭지가 않다.
고개를 갸웃거리고 있을 때 공손천기가 뒷짐을 지고 웃는 얼굴로 그를 바라보고 있는 게 눈에 들어왔다.
그것을 본 백무량의 눈가에 묘한 기색이 떠올랐다.
조금 전 상대방의 공격에는 예비 동작이 전혀 없었던 것이다.
"벌써 놀라면 섭하지. 나는 이제 시작인데."
뒷짐을 지고 있던 공손천기가 집게손가락을 몇 번 까딱거렸다.
그러자 예의 그 흉악스러운 기운이 사방에서 백무량을 조여 오기 시작했다.

'흠!'

백무량은 속으로 헛기침을 한 후 검 끝에 기운을 모았다.

그는 같은 기술에 두 번이나 당하고 있을 바보가 아니다.

자연스럽게 검 끝에 모인 기운을 주변에 가볍게 뿌렸다.

퍼퍼퍼펑—!

공중에서 그가 쏘아 낸 기운이 무언가와 부딪치며 몸이 크게 흔들거릴 정도의 충격이 전해져 왔다.

발을 디디고 있던 바닥이 그 힘을 버티지 못하고 거북이 등껍질처럼 쩍쩍 갈라졌다.

그제야 비로소 백무량은 그 기운의 정체를 알아차릴 수 있었다.

"격공장(隔空掌)!"

이것 역시 초상승의 무학이었다.

무림인들이 다시금 탄성을 지를 때.

백무량은 이미 그 자리에 없었다.

벌써 움직이고 있었던 것이다.

한 마리의 성난 호랑이처럼.

눈에 보이지도 않는 장풍들 사이를 유령처럼 헤집고 들어가 공손천기를 향해 막 검을 찔러 갈 때였다.

갑자기 뒤통수가 따끔거려 왔다.

백무량의 안색이 변했다.

'위험?'

눈앞의 공손천기는 제자리에서 피하지 않고 그를 보며 의미심장하게 웃고 있었다.

여전히 뒷짐을 지고 있는 그 상태로…….

백무량은 이를 악물었다.

오래전부터 수없이 많은 고수들과 싸워 오며 얻었던 그 감각이 계속해서 그에게 끊임없이 경고하고 있었다.

망설임은 짧았다.

백무량은 앞으로 찔러가던 검을 그대로 옆으로 내리그었다.

치이이익—

빈 허공에 하얗게 이글거리는 검이 스쳐 가자 공기 타들어 가는 냄새가 코를 찔렀다.

동시에 검 끝에 무언가가 걸렸다.

콰아앙—!

바닥에 깊은 홈을 만들며 백무량은 뒤로 주르륵 밀려났다.

밀려나는 와중에도 백무량은 이를 악물고 손아귀에 힘을 주었다.

충격으로 하마터면 검을 놓칠 뻔했던 것이다.

"어라? 그걸 막았어? 분명 안 보였을 텐데?"

공손천기가 이해가 안 된다는 얼굴로 고개를 갸웃거렸다.

그러다 곧 흥미진진한 얼굴을 해 보였다.

백무량은 그 모습을 보는 순간 깨달았다.

동시에 가슴속에서 뜨거운 무언가가 스멀스멀 자라기 시작했다.

그것은 너무도 분명한 색깔의 분노였다.

'얕잡혀 보이고 있었다? 이 내가?'

그랬다.

공손천기의 눈빛에는 그를 동등하게 보는 게 아니라 한참 아래로 내려다보고 있는 듯한 감정이 담겨 있었던 것이다.

그것은 항상 백무량이 적에게 보였던 시선이 아닌가?

뿌드득—

낮게 이를 갈던 백무량의 얼굴에서 여유가 점점 사라지기 시작했다.

그리고 곧 악귀처럼 변한 얼굴로 공손천기를 쏘아보며 말했다.

"미안했다. 교주. 상대를 몰라보고 내가 너무 건방을 떨었구만. 이제부터는 진지하게 해 주지."

동시에 그의 전신에서 눈에 보일 정도로 유형화된 백색의 기운이 이글거리며 뿜어져 나왔다.

공손천기는 백무량의 그 사나운 기세에 잠시 마뜩잖은 얼굴을 해 보였다.

죽음을 각오한 비장한 결심이 느껴졌기 때문이다.

이런 것은 별로 좋지 않았다.

'하지만…….'

받아 줘야 했다.

그것이 상대방의 각오에 대한 배려였기 때문이다.

공손천기는 뒷짐을 지고 있던 손을 천천히 풀었다.

"그럼 나 역시 최선을 다해 주지."

딱딱하게 굳어 있던 백무량의 얼굴에 희미한 미소가 떠올랐다.

상대방이 이제야 비로소 진지하게 받아 주려 한다는 것을 알았기 때문이다.

'늘 꿈꿔 왔던 것 아니었나?'

강자에게 죽는다는 것.

그것이야말로 무인에게 있어서 최고의 기쁨이었다.

아쉬울 것이 없다.

늙어 버린 심장이 옛사랑을 다시 만난 것처럼 미친 듯이 박동하기 시작했다.

백무량이 그렇게 진심으로 전신의 내력을 검에 불어넣고 있을 때.

문득 그의 눈에 이상한 것이 보였다.

'뭐지?'

백무량은 공손천기를 마주하고 있는 상황임에도 불구하고 자신도 모르게 시선을 옆으로 돌려 눈을 깜빡거렸다.

그리고 몇 번이나 자신이 지금 보고 있는 게 맞는 건지 확인했다.

확인이 끝난 후 백무량의 입이 서서히 벌어지기 시작했다.

그때서야 공손천기 역시 무언가 이상하다는 것을 느낀 모양이다.

"뭐야? 뒤에 뭐가 있어?"

천천히 뒤를 돌아보던 공손천기.

그 역시 조금 전 백무량과 같은 행동을 해 보였다.

아니, 그는 더 심했다.

입을 헤 하고 벌린 상태로 더듬거리며 말하기 시작했던 것이다.

"요, 용? 저거 용이야?"

백무량은 자신도 모르게 고개를 끄덕였다.

저 멀리, 무림인들 정도나 되어야 간신히 보일 정도로 먼 곳에 있는 산 정상.

그곳에 빛의 기둥이 지상에서부터 하늘로 솟아나 있었다.

그리고 그 빛기둥의 중심.

그곳에서 무언가가 똬리를 틀며 느릿하게 하늘로 오르고 있었다.

쿠오오오—!

구름과 벼락.

그것들을 천천히 헤집고 올라가는 저것은 누가 봐도 하늘로 승천하고 있는 용의 모습이 아닌가?

일순간 반야평에 있는 무인들 모두의 시선이 공손천기와 백무량이 아닌 먼 곳의 산 정상으로 향했다.

그들 역시 별반 다르지 않았다.

다들 넋 빠진 얼굴을 한 채 그저 바라보고만 있었다.

직접 보고도 믿기 어려웠다.

승천하는 용이라니?

그게 어디 가당키나 한 일인가?

그때 반야평에 모여 있던 무인들 중 일부가 눈에 띄는 움직임을 보였다.

정도맹에 속한 몇 명의 고수들이 용이 승천했던 곳을 향해 움직이기 시작한 것이다.

그 모습을 본 공손천기는 퍼뜩 정신을 차렸다.

동시에 가슴에 찬바람이 일었다.

저곳은 그가 잘 알고 있는 장소였기 때문이다.

악중패의 무덤이 있는 흑치골.

그곳에서 용이 승천하고 있었다.

'대체 거기서 무슨 짓을 하고 있는 거냐, 제자야.'

초류향의 얼굴을 떠올리자 공손천기는 일순 마음이 급해졌다.
때문에 평정심을 잃고 자신도 모르게 지시를 내렸다.
"저놈들을 못 가게 막아라."
그 말을 입 밖으로 내뱉자마자 공손천기는 아차 했다.
그때까지 멍청하게 굳어 있던 다른 녀석들도 일제히 정신을 차리고, 마치 서로 짠 것처럼 흑치골을 향해 움직이기 시작했던 것이다.
누가 시킨 것도 아닌데 정도맹의 인원들이 일제히 저곳을 향해 몰리고 있었다.
공손천기의 얼굴이 점점 딱딱하게 굳었다.
상황이 차츰 그가 우려했던 최악의 상황으로 흘러가고 있었기 때문이다.
이제는 어쩔 수 없었다.
"젠장! 한 놈도 저곳으로 보내지 마라! 길목을 막아!"
"명(命)!"
확실히 천마신교의 무인들은 정예였다.
교주의 명령이 떨어지기가 무섭게 길목을 단단히 틀어막고 버텨 섰던 것이다.
이곳 반야평의 특성상 흑치골에서 내려오는 길과 넓은 공터가 이어지는 좁은 입구를 막아 버리면 지나가기가 몹시 어려웠다.
그 말은 반대로 서로가 절대 물러설 수 없는 상태가 된다는 뜻이기도 했다.
'망할!'
공손천기가 속으로 욕지기를 내뱉는 그 순간 정도맹의 고수들과 천마신교의 무인들이 정면으로 충돌했다.

꽈드드득—!

섬뜩한 소리와 함께 피와 살점이 사방으로 튀고 비명이 난무했다.

그리고 그 모습을 바라보던 공손천기의 얼굴이 흉측하게 일그러졌다.

第三章

꼬마 괴물

사람이란 종종 생각지도 못한 힘을 발휘할 때가 있다.

지금이 그랬다.

조기천은 자신의 늙은 몸에서 어떻게 이런 힘이 나왔을까 스스로도 의아해할 만큼 필사적으로 내달렸다.

정말 죽을 만큼 달리고, 또 걸어서 정말 힘들게, 힘들게 흑치골에 도착했다.

곧 죽을 사람처럼 헐떡대며 잠시 진법 앞에 멈춰 선 조기천은 그 와중에도 생각하는 것을 멈추지 않았다.

그리고 간절하게 빌었다.

'부디 내가 너무 늦지 않았기를…….'

눈앞에 펼쳐진 이 진법.

확실히 무언가 이상했다.

진법 안에 생명체가 있다는 것도 괴상했고, 그 생명체라는 게 용이라는 점도 괴이했다.

온통 이해가 안 되는 것투성이였다.

'하지만…….'

너무도 이상했기 때문에 보이는 것도 있었다.

조기천은 아직도 펄떡거리는 심장을 천천히 달래며 진법 안으로 걸어 들어갔다.

이제 시간이 없었다.

그가 생각했던 단 한 가지 가능성.

그 가능성이 들어맞는다면 이 진법을 파훼할 수도 있을 것이다.

지금 조기천이 바라는 게 하나 있다면 제자가 그 괴물과 맞닥뜨리지 않았으면 하는 것 정도였다.

조기천은 이를 악물고 진법 안으로 걸어 들어갔다.

* * *

세상은 숫자로 이루어져 있다.

그것이 진리다.

월인삼라산법술해.

그 책을 보고 제갈량을 만나고, 산법으로 세상의 진실과 마주했을 때부터 초류향의 인생은 변했다.

지나치게 평탄했던 한 소년의 인생이 그날을 기점으로 송두리째 바뀐 것이다.
지금도 그랬다.
'만약 그때 그 책을 보지 않았으면 어땠을까?'
분명 지금과는 다른 현재가 있었을 것이다.
초류향은 갑자기 고개를 저으며 떠오른 생각들을 떨쳐 낸 후 천천히 심호흡을 했다.
정관법을 사용한 것이다.
지금 초류향의 눈에는 이 세상이 완벽한 숫자의 나열로 보였다.
세상이 온통 숫자로 뒤덮여 있는 것이다.
'여기서부터가 중요하다.'
착환법.
그것을 발휘하기 위해 초류향은 숨을 멈췄다.
호흡을 완전히 끊은 것이다.
때문에 이 상태로 버틸 수 있는 시간은 그다지 길지 않았다.
초류향은 재빨리 앞으로 손을 뻗었다.
그러자 붉게 달아오른 이무기의 역린이 손에 만져졌다.
단단하고 딱딱한, 쇠붙이의 감촉.
하지만 초류향의 물빛으로 빛나는 손은 그것을 두부처럼 쉽게 통과했다.
뿌드득—
이무기의 몸이 작게 경련하듯 떨리는 게 느껴졌다.
분명 말로 표현하기 힘든 고통이 전해졌을 터.
초류향은 그것을 애써 외면하며 이를 악물었다.

그리고 보았다.

그 역린 안에 감춰진 진실된 모습을.

'이건…….'

초류향은 자신도 모르게 눈을 부릅떴다.

지금 초류향의 눈에 보이는 것은 역린이 아니었다.

복잡하게 엉켜 있는 숫자들의 덩어리였다.

'젠장.'

초류향은 입술을 깨물었다.

이제야 비로소 이것이 여의주의 재료라 불리는 이유를 깨달았기 때문이다.

숫자들이 너무 복잡하게 뒤엉켜 있었다.

여태까지 단 한 번도 본 적 없었던 혼돈이 거기에 있었던 것이다.

단순히 보는 것만으로도 가슴이 답답해질 정도였으니까.

도대체 어디부터가 시작이고 어디가 끝인지 모를 정도로 실타래처럼 엉켜 있는 그것들 사이에서 진짜를 찾아내야만 했다.

'분명히 규칙은 있다.'

숫자들은 어지럽게 엉켜 있었지만 한편으로는 분명한 형태를 띠고 있었다.

그렇다는 말은 무언가 규칙이 존재한다는 것이다.

지금 초류향은 그 규칙부터 파악해야 했다.

정확하고 확실한 규칙.

그것을 파악하고 완전한 형태로 끼워 맞춰 놓아야 여의주라는 게 완성될 것이다.

'하지만…….'

초류향의 얼굴이 붉게 달아올랐다.

벌써부터 호흡이 가빠 오는 것이다.

어렸을 적부터 무공이나 단련과는 거리가 먼 육체였다.

당연히 호흡을 끊고 움직일 수 있는 시간은 적었다.

그것이 지금 초류향을 힘들게 했다.

'일단 물러선다.'

초류향은 어금니를 꽉 깨물며 역린 속에 집어넣었던 손을 쑤욱 빼내었다.

그러자 이무기의 그 커다란 몸 전체가 다시금 가늘게 떨리는 것이 느껴졌다.

그 모습이 너무도 고통스러워 보였다.

잠시 초류향은 입을 열어 무언가를 말하려 했다.

하지만 결국 아무 말도 하지 못했다.

단지 이를 악물고 머릿속으로 필사적으로 계산을 할 뿐이었다.

'젠장! 젠장!'

조금 전에 분명히 보았던 엄청난 숫자들의 집합체.

도저히 그 자리에서 해답을 낼 수 없었다. 그랬기에 일단 그것들을 통째로 머릿속에 다 구겨 넣은 상태였다.

하지만 제아무리 머리가 좋은 초류향이라 하더라도 이 정도로 규칙성도 내용도 없는 숫자를 몽땅 외우는 것은 사실상 거의 불가능에 가까웠다.

이건 분명 허용량을 크게 초과하는 짓이었다.

그래도 억지로, 거의 우격다짐으로 해내었다.

때문에 지금 초류향은 그 어떤 잡념도 잡생각도 떠올리기 어려운 상태였다.

방금도 집중이 조금 흩어지는 것만으로도 숫자들의 일부를 흘려버릴 뻔하지 않았던가?

가까스로 그런 최악의 상황은 면했지만 가슴 한구석이 서늘해졌다.

'사과는 끝나고 나서 하자.'

초류향은 머릿속으로 조금 전에 보았던 거대한 숫자의 집합체를 조그마한 덩어리로 나누기 시작했다.

동시에 완전한 형태의 숫자를 또렷하게 기억해 내는 작업도 병행했다.

계산의 정답을 찾는 것.

그리고 본래의 완전한 형태의 숫자를 기억하는 것.

이 두 가지 일을 동시에 해내야 하는 것이다.

이를 악물고 초류향은 두 손을 펴 들었다.

그리고 양손의 집게손가락을 들어 무언가를 빈 허공에 써 내려갔다.

마치 종이에 글을 써서 남기는 것처럼…….

아무것도 없는 빈 허공에 머릿속에 있는 것을 빠르게 적어 내려가는 것이다.

놀라운 것은 오른손과 왼손, 두 손이 써 내려가고 있는 숫자가 각기 완전히 다르다는 점이었다.

한쪽 손으로는 복잡한 계산을, 다른 한쪽 손으로는 기억하고 있는 것을 써 내려가고 있던 것이다.

佰
三
七
億

남들이 보면 기겁할 만한 짓을 초류향은 당연하다는 듯이 하고 있었다.

'우선은…….'

제일 먼저 실타래의 끝 부분을 찾아야 했다.

그것을 위해 필사적으로 머리를 굴리는 초류향의 표정이 점점 다채롭게 변하기 시작했다.

처음에는 계산의 복잡함과 허용량을 초과한 기억 때문에 찌푸린 안색이었는데 차츰 시간이 지날수록 얼굴이 무덤덤해지기 시작했다.

한계까지 쥐어짜고 있는 머릿속과는 반대로 초류향의 표정은 점점 평안해지고 있었던 것이다.

[몰입했군.]

제갈량은 작게 중얼거렸다.

정말 완전한 몰입이었다.

지금 초류향은 눈앞에 있는 거대한 이무기의 존재도 잊어버렸고, 스스로가 진법 안에 있는 사실 자체도 잊어버렸다.

그런 자질구레한 것을 기억하기에는 지금 머릿속에서 벌어지고 있는 이 전쟁과 같은 계산이 그렇게 만만하지 않았던 것이다.

지금이라면 정말 코앞에 천둥 벼락이 떨어진다고 해도 초류향은 인식하지 못할 것이다.

그 정도로 완전히 계산 속으로 빠져 들어간 것이다.

[너와 같은 종류의 인간은 처음 본다.]

이무기가 말하자 제갈량은 피식 웃었다.

[천노, 나를 이런 꼬마 괴물과 비교하지 마라.]

[괴물이라…….]

[그래. 이놈이야말로 괴물이다. 지금 눈으로 보면서도 믿기지가 않는군.]

제갈량이 혀를 내두르고 있는 와중에도 초류향의 계산은 멈추지 않았다.

작게 중얼거리며 줄곧 무언가를 써 내려가던 초류향은 종국에는 양손을 들고 멍한 표정을 한 채 손가락 끝만 까딱거리고 있었다.

그 손가락 까딱거림 한 번에 조금 전까지 했던 수없이 많은 계산식들을 풀어내고 있었던 것이다.

불필요한 동작들을 최대한 줄이고 줄인 결과다.

그것을 바로 옆에서 생생하게 지켜보고 있던 제갈량과 이무기는 한층 더 흥미진진한 표정이 되었다.

초류향의 재능 중에서도 최고로 무서운 것은 바로 이 집중력이었다.

탁월한 두뇌도, 또래답지 않은 풍부한 지식도 이 아이의 장점이긴 했지만 이토록 무서운 집중력은 그 모든 다른 장점들을 다 합친 것만큼이나 대단한 것이었다.

몰입도가 좋으니 시간이 지날수록 점점 계산 속도가 빨라지고 있었다.

원래도 빨랐던 그것이 점점 더 빨라지고 있었던 것이다.

[호오?]

제갈량은 섭선을 매만지며 초류향이 계산하는 것을 가만히 지켜보았다.

이 아이는 단번에 여러 단계를 뛰어넘고 있었다.

기존에 알던 지식에 지식을 더해서 새로운 지식을 만들고, 그 새로운 지식을 바탕으로 또 다른 새로운 지식을 끊임없이 낳고 있었던 것이다.

복잡한 계산식과 숫자들도 그런 초류향 앞에서 점차 빠르게 무너지기 시작했다.

이것은 제갈량으로서도 굉장히 신선한 경험이었다.

'보인다.'

저 멀리, 아주 희미하게 실마리가 보이기 시작했다.

그러자 초류향은 호흡하는 것 외에 외부의 모든 정보를 차단한 채 더욱 깊은 내면으로 빠져들어 갔다.

심지어 두 눈을 멀쩡히 뜨고 있었음에도 불구하고, 그를 통해 받아들이는 시각적인 정보조차 초류향의 뇌리에 기억되지 않고 있었던 것이다.

손가락의 까딱거림도 결국엔 완전히 멎어 버린 채 초류향은 멍한 시선으로 정면을 응시하고 있었다.

그때, 복잡한 숫자들 사이에서 미묘하게 종류가 다른 숫자들이 보였다.

'찾았다!'

잔뜩 긴장하고 있던 초류향은 그것을 결코 놓치지 않았다.

도망치듯 계속해서 자취를 숨기는 그것을 살쾡이처럼 쫓고 또 쫓아서 결국 그 꼬리를 잡아챘다.

멍하게 풀려 있던 초류향의 눈가에 생기가 감돈 것은 그때쯤이었다.

해답이 보이자 차츰 주변의 환경도 눈에 들어왔다.

그러자 이상한 것이 보였다.

이무기의 고개가 초류향을 향하고 있는 게 아니라 초류향이 들어왔던 입구를 향해 있었던 것이다.

'뭐지?'

대체 시간이 얼마나 지난 것일까?

그동안 무슨 일이 있었지?

해답이 보이고 여유를 갖자 비로소 주변 광경이 눈에 들어오고, 그동안 미뤄 놓았던 정보들이 폭포수처럼 머릿속으로 들어오기 시작했다.

'진동? 그러고 보니 진동이 있었다.'

그랬다.

갑자기 바닥을 떨어 울리던 그 묘한 떨림.

그것을 깨닫고 이무기의 시선을 따라가던 초류향은 놀라서 눈을 부릅떴다.

'스승님?'

스승님이었다.

조기천 스승님이 지친 안색으로 입구 쪽에 서 있었던 것이다.

'어떻게 이곳에?'

초류향조차 진법을 뚫고 들어오는 것이 가능했으니 진법의 달인인 조기천도 돌파할 수 있는 것은 어쩌면 당연한 일이었다.

정관법은 없었지만 조기천은 진법에 있어서 천하제일을 다투는 사람이다.
그만의 계산 방법으로 그다지 어렵지 않게 진법을 통과했을 터.
하지만 이곳은 오면 안 되는 곳이었다.
초류향은 위험한 생각이 들었기에 조기천을 향해 움직이려는 이무기의 앞을 필사적으로 가로막았다.
"스승님!"
이무기는 입을 벌려 조기천을 통째로 삼키려다가 초류향의 외마디 말에 바로 코앞에서 움찔하며 멈춰 섰다.
[아는 인간이더냐?]
"제 스승님입니다."
[스승이라…….]
그러고 보니 인간들의 관계 중에 그런 애매모호한 것이 있다는 말을 들었던 게 생각났다.
낳아 준 부모도 아니면서도 부모와도 같은 존재라 했던가?
이무기는 조기천을 잠시 내려다보다 이내 자신의 자리로 돌아갔다.
슈르륵—
흑색의 윤기 가득한 비늘이 물결처럼 출렁였다.
그런 이무기의 행동을 지켜보던 조기천은 어리둥절해하는 표정이 되었다.
그러다 곧 무언가가 떠올랐는지 놀란 눈을 한 채 입을 열었다.
"선택한 것인가? 그 아이를?"
이무기는 조기천을 물끄러미 바라보았다.
그리고 고개를 끄덕였다.

[선택했다.]
조기천은 잠시 멍한 눈을 해 보였다.
그러다 곧 너털웃음을 터트리곤 소매에서 무언가를 꺼내 들며 말했다.
"그럼 굳이 이걸 가져올 필요가 없었던 거로구먼."
쩔그럭—
돌멩이들이 부딪치는 소리.
조기천은 천마신교에게 받았던 수많은 보석들을 가지고 왔던 것이다.
그것을 보던 이무기가 눈에 이채를 띠며 말했다.
[알아챈 것인가? 그것을?]
조기천은 희미하게 웃으며 고개를 끄덕였다.
"그렇다네. 파훼법도 알아냈지."
다행히 조기천이 생각하고 있던 진법의 또 하나의 가능성.
그것이 들어맞았었다.
이무기는 잠시 말을 하지 않고 조기천을 뚫어져라 바라보았다.
그리고 작게 고개를 끄덕였다.
[가치가 있는 인간이구나.]
진법의 비밀.
그것을 이렇게 단시간에 파훼하는 녀석이 있을 것이라고는 생각지 못했다.
대단한 인간이 아닌가?
이무기는 무언가를 골똘히 생각하더니 숨을 크게 들이켰다.

왠지 모르게 위험한 모습.

초류향이 그 모습을 의아한 얼굴로 보고 있을 때 이무기는 크게 들이켠 숨을 곧장 조기천을 향해 토해 냈다.

“스승님!”

초류향의 다급한 비명이 동굴 안을 크게 울렸다.

다급성을 토해 내며 초류향이 조기천을 향해 달려갈 때 이무기가 말했다.

[두려워하지 마라. 저 인간에게서 빼앗았던 것을 돌려주었을 따름이니…….]

그 말을 듣고 초류향이 무언가 떠오르는 것이 있어서 기대감을 가지고 입을 열었다.

“오른팔을 움직일 수 있으시겠습니까?”

조기천 역시 같은 생각을 한 것인지 조심스럽게 오른팔을 들어보았다.

그리고 고개를 끄덕였다.

“움직일 수 있구나.”

“다행입니다. 정말 다행입니다, 스승님.”

일이 잘 풀린 것에 초류향이 안도의 웃음을 지을 때 조기천이 말했다.

“나야말로 다행이구나. 네가 무사하니 마음이 크게 놓인다.”

“스승님…….”

조기천은 무슨 말을 더 하려다가 긴장이 탁 풀렸는지 바닥에 힘없이 주저앉으며 한숨을 내쉬었다.

"정말 다행이다. 나는 네가 어찌 되는 줄 알고……."

뒷말은 더 듣지 않아도 알 수 있었다.

걱정했던 것이다.

그 진심이 느껴지자 초류향은 민망한 듯 뒷머리를 긁적였다.

자신 역시 방금 전에 그런 기분이 아니었던가?

스승님인 조기천이 이무기에게 어떻게 되는 줄 알고 심장이 벌렁거렸던 것을 생각하면 지금도 아찔했다.

"저는 무사합니다. 걱정하지 마세요, 스승님."

"그래."

조기천은 자리에서 힘겹게 일어섰다.

그의 제자는 이제 안전했다.

그것을 확인했으면 된 것이 아닌가?

초류향은 이 와중에 갑자기 호기심이 고개를 쳐드는 것을 느끼며 속으로 슬그머니 웃었다.

그러다 어쩔 수 없다는 것을 느끼며 입을 열었다.

"진법의 파훼법을 알아내셨습니까?"

초류향은 여차하면 착환법을 써서 진법의 핵을 부숴 버릴 생각만 하고 들어온 것이지 파훼법까지는 모르고 있었다.

진법 안에 들어온 지금도 파훼법을 도무지 알 수가 없었다.

조기천은 희미하게 웃으며 대답했다.

"이 진법은 여태껏 세상에 존재하지 않았던 특이한 종류의 진법이더구나."

초류향은 눈을 반짝였다.

천하에 있는 진법에 대한 것은 거의 다 알고 있는 스승님이다.

그런 그가 여태껏 세상에 존재하지 않았던 진법이라 말하니 호기심이 일어난 것이다.

"어떤 종류의……."

조기천은 잠시 생각을 정리하고는 이무기를 똑바로 바라보다가 입을 열었다.

"잘 보거라. 지금 이 동굴 안과 바깥 사이에는 뚜렷한 경계가 있지 않느냐?"

경계?

초류향은 조기천의 말에 이끌려 동굴 입구를 바라보곤 고개를 끄덕였다.

그랬다.

확실히 이 동굴 안에 들어오는 곳과 바깥은 그 경계선이 뚜렷했다.

"무언가 떠오르는 것이 없느냐?"

조기천의 말에 초류향은 생각에 잠겼다.

스승님이 이렇게 말했다는 것은 이것으로 충분히 그 정답을 짐작할 수 있을 거라는 뜻.

그게 뭘까?

'경계가 뚜렷하다?'

진법에서 경계라는 것은 매우 중요했다.

안쪽 세상과 바깥쪽 세상을 확실하게 나누는 것이기 때문이다.

그런데 진법 내부에 이 정도로 뚜렷한 경계가 있다?

초류향은 거기까지 생각하다가 낮게 감탄성을 토해 냈다.

"아!"

"생각이 났느냐?"

고개를 끄덕이던 초류향이 급하게 말했다.

"확인을 하고 와도 되겠습니까?"

"직접 눈으로 봐 두는 것이 좋겠지."

비틀거리는 걸음으로 초류향은 동굴 입구까지 걸어갔다.

'그게 가능할까?'

가능하다면 이건 정말 대단한 것이었다.

입구를 한참 들여다보던 초류향은 잠시 바깥에 나갔다가 다시 들어왔다.

그리고 멍청하게 굳어 버렸다.

"이제 알겠느냐?"

"예. 정말 이 진법은…… 천하제일이라고 해도 손색이 없을 것 같습니다."

초류향은 진심으로 그렇게 생각했다.

그리고 이무기를 바라보며 낮게 중얼거렸다.

"하나의 진법을 감싸는 진법……. 즉, 진법 안의 진법을 만들어 내다니……. 이건 대체."

이 정도로 높은 사실감을 보이는 진법은 단 하나를 만들어 내는 데에도 엄청나게 복잡한 계산식이 필요했다.

그런데 그런 것이 두 개.

따로 진법을 두 개 만드는 것쯤은 초류향도 지금 당장 가능했다.

문제는 진법 안에 전혀 다른 형태의 진법을 하나 더 넣었다는 점이다.

이것은 고려해야 할 변수가 무한정으로 늘어난다는 소리가 아닌가?

인간의 머리로는 도저히 불가능한 계산의 영역이다.

그것을 해낸 것은 분명 저 이무기일 터.

[더 기다려 줘야 하나?]

이무기가 말하자 그제야 초류향은 퍼뜩 정신을 차렸다.

그러고 보니 해야 할 일이 있지 않은가?

경외의 표정을 가까스로 숨긴 채 초류향은 이무기 앞에서 심호흡을 했다.

'한 번에 끝낸다.'

아까 같은 고통을 되풀이할 순 없었다.

이번에 끝낼 생각을 하며 초류향은 어금니를 꽉 깨물었다.

*　　*　　*

[이제 시간이 다 되었다.]

곧 천 년의 기다림이 끝나는 순간이 다가온다.

이무기는 고개를 숙여 초류향을 바라보았다.

초류향 역시 심호흡을 하며 이무기를 바라보고 있었다.

예정된 시간이었지만 하늘의 문이 열릴지 안 열릴지는 모른다.

제아무리 수천 년을 살아온 이무기라도 거기까지는 알 방도가 없는 것이다.

하지만 한 가지 확실한 것은 있었다.

이번이 그에게 있어서 마지막 기회라는 것.
그것 하나는 확실했다.
[시작해 다오.]
초류향은 고개를 끄덕였다.
천천히 호흡을 멈추고 물빛으로 일렁이는 손을 앞으로 내밀었다.
이무기의 역린.
그 깊숙한 곳에 두 손을 찔러 넣은 것이다.
뿌드득—
섬뜩한 소리와 함께 역린으로 손을 집어넣은 초류향은 순간 당황했다.
'숫자들의 위치가 변했다?'
기억하고 있던 숫자들의 배열과 무언가 조금씩 달라져 있었던 것이다.
이게 어떻게 된 일일까?
처음부터 통째로 외워서 기억하고 있던 것에 무언가 잘못된 점이 있었던 걸까?
그때 귓가에 제갈량의 음성이 들려왔다.
[네 계산을 믿어라, 애송이. 겉모습이 바뀌었다고 현혹되지 마라. 실체는 그대로가 아니더냐?]
초류향은 그제야 퍼뜩 정신을 차렸다.
아까 계산해 놓았던 정답.
역린의 완성된 형태를 이미 정확하게 보아 두지 않았던가?
내부에 있던 숫자들의 위치가 왜 조금씩 이동되었는지는 모르겠지만 지금은 그러한 것에 심력을 쏟을 여유가 없었다.

'빨리 끝내야 한다.'

초조함이 초류향을 서두르도록 만들었다.

역린 안에 들어가 있는 두 손이 재빠르게 움직이기 시작했다.

이것저것 내부에서 뒤섞어 놓기도 하고, 불필요한 숫자들의 덩어리를 따로 모아 밖으로 뭉텅이째 빼내기도 했다.

초류향의 손이 그렇게 한 번씩 크게 움직일 때마다 이무기의 몸이 벼락이라도 맞은 듯 파르르 떨렸다.

그가 느끼는 고통이 손에 잡힐 듯 크게 느껴졌다.

'조금만 더…….'

초류향은 이를 악물었다.

얼굴이 붉어지고 마침내 호흡을 참는 것이 한계에 다다랐을 때쯤.

역린의 내부를 깎아 내고 깎아 내자 어떤 둥근 형태의 구체가 보였다.

밝은 빛을 뿜어내는 구체.

어린아이의 주먹만 한 크기의 그것을 향해 무의식적으로 손을 뻗자 귓가로 어떤 울림이 전해져 왔다.

두근—

심장박동 소리.

초류향은 숨이 막히는 것도 잠시 잊어버린 채 황홀한 얼굴로 눈앞의 구체를 바라보았다.

'이게…….'

여의주였다.

황금빛을 사방에 뿜어내는 여의주.

초류향이 손을 빼내어 그것을 밖으로 꺼내자 갑자기 동굴 전체가 크게 떨리기 시작했다.

우르릉—

동굴 천장이 흔들거리고 대지가 화가 난 것처럼 크게 요동치며 출렁였다.

여의주와 동굴이 공명하기 시작한 것이다.

[고맙다. 인간.]

이무기는 기쁜 얼굴로 초류향이 들고 있는 작은 여의주를 응시했다.

그러자 갑자기 여의주가 허공에 천천히 떠오르는 것이 아닌가?

조기천과 초류향이 그것을 멍한 시선으로 바라보고 있을 때.

이무기가 공중에 떠오른 여의주를 입으로 덥석 물었다.

키이이잉—!

쇳조각끼리 부딪치는 듯한 날카로운 소음과 함께 갑자기 이무기의 입에서 마치 태양빛과도 같은 밝은 빛이 뿜어져 나왔다.

"음……."

초류향은 눈을 감았다가 뜨며 자신도 모르게 입을 크게 벌렸다.

어린아이 주먹만 했던 여의주가 어느새 이무기의 입 안을 가득 메울 정도의 거대한 구슬로 변해 있었기 때문이다.

[약속은 지켜졌다.]

그 말과 동시에 이무기의 몸에서 오색찬란한 빛이 뿜어져 나오기 시작했다.

그 황홀한 빛은 동굴 전체를 가득 감싸고도 모자라 천장에까지 닿았다.

콰아앙—!

천장을 무너뜨리고도 빛기둥은 거침없이 쏘아져 나아가 결국 하늘 끝에 도달했다.

그 순간 하늘에서 곧장 응답이 내려왔다.

엄청난 양의 비와 함께 벼락이 쏟아지기 시작한 것이다.

콰르르릉—!

이무기는 그 비를 온몸으로 맞으며 미소 지었다.

천 년 전과는 다르게 하늘의 문이 열린 것이다.

[드디어…….]

긴 기다림이었다.

뿌드드득—

몸을 한 번 꿈틀거리자 어두운 흑색의 비늘들이 우수수 떨어져 나가고 그 자리에 황금색의 고귀한 비늘들이 빠르게 돋아나기 시작했다.

검붉었던 뿔은 곧 우윳빛으로 바뀌었고 전신 가득히 힘이 넘쳐났다.

몸체도 그 사이 무려 세 배 가까이 커졌다.

그 큰 동굴이 비좁다 느껴질 만큼 커진 이무기는 잠시 의아한 눈을 해 보였다.

'변화가 끝이 아니다?'

본래대로라면 여기에서 변화가 끝이 나야 했다.

그런데 육체가 이상한 신호를 자꾸 보내오고 있었다.

등이 간질거리며 무언가가 그 안에서 꿈틀거리고 있었던 것이다.

이무기는 잠시 고민했다.

이대로 등의 간질거림을 무시하고 승천을 시도할 것인가.
아니면 변화하려는 육체를 받아들일 것인가?
고민은 길지 않았다.
이무기는 숨을 크게 들이켜고 등에 힘을 주었다.
단숨에 육체의 변화를 받아들인 후 승천하기로 마음먹은 것이다.
빠득— 빠드득—
섬뜩한 소리와 함께 등껍질이 생으로 뜯겨 나가며 격한 통증이 느껴졌다.
하지만 통증은 잠시뿐.
곧 짜릿하고 시원한 감각이 전신에 퍼져 나갔다.
"아……."
"허어……."
초류향과 조기천은 이무기를 바라보며 낮은 감탄성을 토해 내었다.
제갈량 역시 이번에는 참지 못하고 본인도 모르게 작게 중얼거렸다.
[……응룡이 되었는가?]
응룡(應龍).
하늘에 있는 모든 용들의 왕이자 그 신통력이 천하를 덮을 정도라는 전설상의 신수(神獸)다.
이무기는 등에서의 통증에 얼굴을 찡그리고 있다가 변화가 끝나고 느껴지는 새로운 감각에 잠시 당황했다.
박쥐 날개 같은 커다란 한 쌍의 날개가 등에 돋아나 있었던 것이다.
이것이 무엇을 의미하는지 누구보다도 잘 알고 있는 이무기였다.
펄럭—

날개를 펴 보자 커다란 동굴 전체가 다 가려질 정도였다.

이무기.

천노는 잠시 멍한 얼굴을 해 보였다.

그동안의 고생이 주마등처럼 뇌리를 스쳐 갔기 때문이다.

그러다 문득 무슨 생각을 한 것인지 고개를 내리고 빛기둥 중심에서서 초류향을 바라보며 입을 열었다.

[너는 이곳에 있는 물건을 소유할 자격이 있다.]

물건?

초류향의 얼굴에 의아해하는 기색이 어렸을 때.

이무기는 천천히 승천을 준비하며 야릇한 미소를 지었다.

[자격이 있는 너에게 그것들은 합당한 보상이 될 것이다.]

그 말이 끝이었다.

무언가를 더 물어보려던 초류향은 얼굴을 찡그리며 귀를 막아야만 했다.

하늘을 바라보던 이무기가 돌연 입을 벌리고 소리를 지르기 시작했기 때문이다.

콰우우웅—!

용음(龍吟).

용이 하늘에 오르기 직전에 내지르는 소리였던 것이다.

하늘과 땅.

주변에 있던 산천초목이 그 소리에 민감하게 반응해서 함께 공명하기 시작했다.

웅웅웅웅—

초류향은 자신의 몸도 어느새 그 소리에 반응해 공명하고 있다는 사실에 깜짝 놀랐다.

용이 된 이무기는 한동안 그렇게 길게 소리를 내뿜더니 곧 날개를 크게 펄럭이기 시작했다.

후웅—

보통의 바람과는 다른, 아주 청량하고 시원한 느낌의 바람이 그 날갯짓에서 전해져 왔다.

동시에 천노는 하늘로 힘껏 솟구치기 시작했다.

오색구름과 천둥 벼락.

그 사이를 헤집으며 하늘로 승천했던 것이다.

쿠르르릉—!

벼락들 사이로 승천하는 한 마리의 황금빛 신룡.

그 모습은 실로 말로는 형언할 수 없는 어떤 감동을 주었다.

초류향과 조기천은 그 광경을 멍한 얼굴로 아래에서 올려다보고 있었다.

황금빛이 시야에서 완전히 사라질 때까지, 그저 가만히 지켜볼 뿐이었다.

얼마나 지났을까?

쏴아아아—

용은 이미 승천했지만 비는 여전히 쏟아져 내리고 있었다.

그 비를 맞아서 입고 있던 옷이 다 젖어 버렸지만 그런 사소한 것에는 신경 쓰지 못할 정도로 조기천과 초류향은 넋이 빠져 있었다.

지상에서 하늘로 끊임없이 솟구쳐 오르던 신비한 빛기둥도 사라지고 사방에 떨어지는 빗소리만이 가득할 때.

조기천이 먼저 입을 열었다.

"연못이 말라 버렸구나."

조기천의 말에 초류향이 안경을 벗으며 시선을 돌리자 바짝 말라 버린 연못 자리가 눈에 들어왔다.

그리고 그 원래 연못이었던 자리의 중심 부분에 작은 상자가 하나 놓여 있었다.

"저것이 조금 전에 말했던 합당한 보상인가 보구나."

"예."

안에 뭐가 들어 있을까?

초류향과 조기천은 천천히 자리에서 일어나 상자가 있는 곳으로 다가갔다.

그리고 그것을 들고 일단 비가 쏟아지지 않는 바위벽에 자리를 잡고 앉았다.

"열어 보겠습니다."

초류향이 말하자 조기천은 고개를 끄덕였다.

과연 이무기, 아니 용이 주고 간 것이 무엇일까?

기대와 호기심에 상자의 뚜껑을 열자 거기에는 한 권의 무공 비급과 금이 잔뜩 가 있는 자색의 구슬이 들어 있었다.

월인도법(月刃刀法)

무공 비급의 겉표지에 적혀 있는 이름.

초류향은 이것이 공손천기 스승님에게 들었던 악중패의 무공 비급이라는 것을 알 수 있었다.

'이것 하나 때문에 만 명이 넘는 사람들이 목숨을 내놓고 싸운다 했던가?'

무림에서는 그 정도로 대단한 가치가 있는 비급이었다.

"교주가 좋아하겠구나."

"예……."

이것이 바로 공손천기 스승님께서 그토록 찾으려 했던 그 비급서가 아닌가?

초류향에게는 이 비급이 갖고 있는 가치가 피부에 썩 와 닿지 않았지만 어찌 되었건 일단 소중하게 챙겨서 품에 넣어 놓았다.

문제는 구슬이었다.

초류향은 은은한 보랏빛을 뿜어내는 자색의 구슬을 살펴보며 조기천 스승님에게 물어보았다.

"이게 뭘까요?"

"글쎄다……."

이무기가 준 것이다.

그것도 방금 용으로 승천한 이무기가 보상이랍시고 준 것이 아닌가?

분명 범상한 게 아닐 터였다.

"일단 챙겨 가 봐야겠습니다."

"그러자꾸나."

그래서 초류향은 별 생각 없이 자색의 구슬을 맨손으로 집었다.

파직—!

"어?"

약간의 전류가 흘렀다.

초류향이 멈칫하면서 본능적으로 손을 떼려고 할 때.

자색의 구슬에서 시퍼런 번갯불이 번쩍이며 초류향을 덮쳤다.

파지지직—!

자줏빛 번개가 초류향의 전신을 사정없이 관통했다.

"으으…… 으아아악!"

"류향아!"

조기천이 깜짝 놀란 얼굴로 달려왔지만 옆으로 쓰러지는 초류향을 부축하는 것에 그쳤을 뿐이다.

"이, 이게 대체……."

조기천의 얼굴에 심각한 표정이 떠올랐다.

초류향은 정말 번개라도 맞은 것처럼 몸을 부들부들 떨고 있었다.

거기에 더해 가끔씩 경련까지 하는 것을 보니 이건 보통 심각한 상태가 아니다.

조기천이 당황한 얼굴을 하고 있을 때.

누군가가 땅 밑에서 불쑥 나타났다.

"무, 무슨 일이오? 소교주님께서 갑자기 왜 그러시오?"

조기천은 갑자기 나타난 사람 때문에 흠칫 놀랐지만 안면이 있는 사람임을 알고 안도했다.

천마신교의 호법.

주상산이었던 것이다.

상태가 매우 꼬질꼬질해 보였지만 일단은 크게 안심이 되었다.
“모르겠소. 이상한 구슬을 만지고 정신을 잃었소이다.”
“잠시…….”
주상산은 서둘러 초류향의 맥을 짚어 보곤 얼굴을 찡그렸다.
‘뭐지 이건?’
맥이 불규칙적이었다.
무언가에 크게 놀란 듯한 두서없이 뛰는 맥박.
게다가 그마저도 무척 힘이 없었다.
주상산은 딱딱하게 굳은 얼굴로 입을 열었다.
“서둘러 분타로 가 봐야겠소.”
“그럽시다.”
주상산이 초류향을 둘러업고 자리에서 일어서는 그때.
잠깐 멈칫하며 좌측 돌벽 위로 고개를 홱 돌렸다.
그곳에 누군가가 있었기 때문이다.
“아니, 이게 누구야? 이거 생각지도 못한 대어가 걸려들었네?”
주상산은 얼굴을 찡그렸다.
거기에는 싱글거리면서 웃고 있는 백색 무복의 사내가 서 있었다.
강호에서 칼 밥을 먹고 있는 사람이라면 누구나 알고 있는 사람.
구주십오객의 한 명.
주상산은 낮게 이를 갈며 말했다.
“사자검군? 네놈이 여기는 어쩐 일이냐?”
무당파의 태극검황 백무량의 뒤를 이어 차세대 제왕이 될 남자.
사자검군 유설빈.

그가 등장한 것이다.
게다가 더 큰 문제는 이곳에 그 혼자만 온 것이 아니라는 점이었다.
뒤에서 어슬렁거리며 걸어오는 일곱 명의 노인들.
그들을 본 주상산이 자신도 모르게 얼굴을 일그러뜨렸다.
'젠장. 무당칠성까지 다 데려왔어?'
화경의 경지에는 이르지 못했지만 거의 그에 근접한 고수가 무당파에는 무려 일곱 명이나 있었다.
그것이 바로 무당칠성.
무당파의 숨겨진 저력이 아니던가?
그들이 몽땅 이곳에 있다는 것은 아주 작정을 하고 왔다는 뜻이었다.
'어떻게 해야 할까?'
주상산은 빠르게 머리를 굴렸다.
그 혼자서 여기에서 도망치려고 작정한다면, 어렵겠지만 그래도 어찌어찌 도망칠 수는 있을 것이다.
하지만 거기에 소교주를 둘러메고 가야 한다면?
'가능할까?'
아무래도 아슬아슬했다.
거기까지 생각하던 주상산은 문득 뒤에 있던 조기천에게 신경이 미쳤다.
그때.
"나는 신경 쓰지 마시오."
조기천이 불쑥 말하자 주상산은 순간 등골이 서늘해지는 느낌을 받았다.

주상산은 자신도 모르게 몸을 돌려 조기천을 바라보았다.

"나는 이미 살 만큼 살았소. 지금은 저 아이만 살릴 생각을 하시오."

"……."

이 노인은 무어라 언질을 주기 전부터 이미 죽음을 각오하고 있지 않은가?

주상산은 잠시 복잡한 얼굴을 해 보였다.

그러다 피식 웃었다.

"날 우습게 보지 마시오."

주상산은 초류향을 바닥에 조심스럽게 내려놓았다.

도망갈 생각을 아예 포기한 것이다.

그렇다고 그냥 곱게 죽어 줄 수는 없었다.

주상산은 몸을 돌리며 히죽 웃었다.

"뭐 얻어먹을 게 있다고 여기까지 찾아왔냐? 사자검군."

유설빈은 설핏 웃었다.

주상산이 한창 도망칠 계산을 하고 있을 때 그 역시 자신의 초감각을 크게 넓혀서 주변을 샅샅이 살펴보고 있었다.

그리고 확신했다.

이곳에는 아무도 없었다.

혈음마군이라 불리는 주상산.

저 늙은 마귀 외에는 신경 써야 할 존재가 하나도 없는 것이다.

이건 하늘이 저놈을 죽이라고 내려 주신 절호의 기회가 아닌가?

이번 기회를 놓친다면 또 얼마나 많은 사람이 저 늙은 괴물의 손에 죽겠는가?

“내가 여기 왜 왔는지 몰라서 물어? 늙은 마귀.”

유설빈은 초토화된 주변을 한 번 스윽 둘러보며 히죽 웃었다.

“그나저나 물건은 어디 있어? 그것만 주면 그래도 고통 없이 죽여 드릴게.”

“물건? 무슨 물건?”

주상산이 짐짓 모르겠다는 얼굴로 고개를 갸웃거리자 유설빈은 폭소하며 손사래 쳤다.

“푸핫! 우리 서로 피곤하게 하지 말자. 잘 알면서 왜 그래?”

이놈은 아무래도 다 알고 온 것 같았다.

이곳이 악중패의 무덤이었다는 사실을 알고 있는 것이다.

주상산은 결국 화난 얼굴로 소리쳤다.

“이 새끼, 듣던 대로 싸가지가 없는 놈이구나? 연장자를 봤으면 존대부터 해야 하는 거 아니냐? 너희 무당파에서 그리 가르치던?”

유설빈은 웃었다.

어이없다는 웃음이었다.

“크크크, 마교의 잡졸 따위에게 예의를 차릴 정도로 속없는 놈은 아니라서 말이야.”

“애송이 주제에 간덩이만 부었구나.”

“물론이지. 나 혼자여도 영감 혼자 있으면 자신 있는데 지금은 본파의 어르신들까지 함께 왔잖아? 자신감이 철철 넘칠 만하지.”

구구절절 다 맞는 말이었다.

주상산은 속으로 지금의 거지 같은 상황을 욕하며 기회를 엿봤다.

그때.

뒤에서 무언가를 계속 꾸물거리고 있던 조기천이 작게 입을 열었다.

"셋을 세면 그대로 앞으로 뛰어나가시오."

이게 갑자기 무슨 소리일까?

무슨 묘책이라도 있는 걸까?

"하나."

주상산은 갈등했다.

이 시점에서 조기천의 말을 믿고 움직여야 할까?

"둘."

갈등하고 있는 주상산을 아는지 모르는지 조기천은 느릿하게 숫자를 세고 있었다.

그 사이 돌벽 위에서 훌쩍 뛰어내려 온 유설빈은 의아한 얼굴로 입을 열었다.

"근데 뒤에 있는 저 꼬마랑 할배는 누구야? 늙은 마귀랑 아는 사이야?"

"셋."

조기천의 소리가 끝나기가 무섭게 주상산은 앞으로 화살처럼 쏘아져 갔다.

"빌어먹을! 젠장!"

결국 고민 끝에 조기천의 묘책을 믿어보기로 한 것이다.

*　　*　　*

보통 진법 하나를 발동시키기 위해서는 매우 까다로운 조건들이 필요했다.

주변 지형을 고려해야 하는 것은 물론이고, 기온이나 바람의 방향, 그리고 발동되는 시간까지도 완벽하게 염두에 두어야 했다.

게다가 신경 써야 하는 건 그것만이 아니다.

진법의 모양까지 흠잡을 곳 없이 완전하게 그려 놓아야 한다.

어느 한군데로 치우치지 않는 완벽한 구도.

그것을 그리기 위해서 진법가들은 어쩔 수 없이 항상 여러 가지 도구들을 들고 다니며 정확한 진법을 짜려고 애를 쓴다.

조기천 역시 처음에는 그랬다.

하지만 그것은 오래전의 일.

진법을 산법으로 계산할 수 있게 되면서 조기천은 여러 가지 번거로움을 피하는 방법을 알게 되었던 것이다.

그리고 가장 최근에, 초류향과의 만남으로 인해서 그의 진법은 다시 한 번 크게 발전하게 되었다.

콰르르륵—!

지면이 물결치듯 출렁거리더니 곧 땅거죽이 사방으로 갈라지기 시작했다.

그것이 시작.

그때까지 실실 웃으며 여유롭기만 하던 유설빈도 이번에는 그 웃음을 지워야만 했다.

"이게…… 뭐야?"

눈앞에서 갑자기 거대한 나무가 자라나기 시작했다.

바닥을 뚫고 자라나는 은색의 나무.

그것은 눈 깜짝할 사이에 쑥쑥 자라나 곧 하늘을 가릴 정도로 커져 버렸다.

유설빈이 멍한 얼굴로 그것을 바라보고 있을 때.

그의 뒤에 서 있던 일곱 명의 노인들 중 하나가 감탄한 듯 입을 열었다.

"허, 거참 대단하구먼. 이런 종류의 것은 난생처음 본다."

"풍호자 사숙님. 이게 무엇인 줄 알아보시겠습니까?"

"허어? 넌 모르겠느냐?"

"예, 대체 어떤 종류의 사술이길래 이렇게 무시무시합니까?"

유설빈이 묻자 수염을 길게 기른 신선같이 생긴 노인이 고개를 저으며 대답했다.

"이건 사술이 아니라 진법이다."

"예? 진법이요? 이게요?"

잠시 눈을 깜빡거리며 황당하다는 얼굴을 해 보이는 유설빈이었다.

그가 아는 진법은 이렇게까지 대단하진 않았던 것이다.

그때 주변을 계속 두리번거리고 있던 노인이 다시금 감탄을 터트리며 입을 열었다.

"그래. 아마도 대단히 수준 높은 진법가가 마교와 함께 있었던 모양이구나."

"사숙님께서도 이걸 파훼하실 수 없으시겠습니까?"

수염을 길게 기른 노인.

풍호자는 무당파에서 자소당을 책임지고 있으며 온갖 잡학에 능한 팔방미인이었지만 지금은 그저 곤란한 빛을 보일 뿐이었다.

"나로선 어렵구나. 이건 수준 차이가 너무 크다. 게다가 우리는 이미 진법 내부에 갇힌 것 같다."

유설빈은 얼굴을 찡그렸다.

풍호자는 무당파 내에서도 알아주는 진법가였다.

그가 이렇게까지 말한다면 정말 방도가 없는 것이다.

그러고 보니 아까 혈음마군.

주상산의 뒤에서 무언가 계속 꼼지락거리고 있던 늙은 노인이 머릿속에 떠올랐다.

아무래도 그 노인이 이런 개수작을 부린 원흉인 것 같았다.

"간악한 마교 놈들 같으니……."

유설빈이 이를 부득부득 갈아 대고 있을 때.

변화가 찾아왔다.

쿠웅—

하늘로 끝없이 성장할 것만 같았던 은색의 나무는 곧 성장을 멈췄다.

그 모습에 풍호자라 불리는 노인은 심각한 표정을 지었다.

"조심해라. 내 생각이 맞다면 이건……."

뒷말은 굳이 이을 필요가 없었다.

갑자기 나무 밑에 있던 굵직한 뿌리들이 들썩거리며 움직이기 시작한 것이다.

쿠르르르—

"으악! 저게 뭡니까, 징그럽게."

유설빈이 짐짓 끔찍하다는 듯 찡그린 얼굴로 호들갑을 떨 때.

풍호자가 계속 입을 열었다.

"아무리 모든 게 인위적으로 만들어진 환상이라고 해도 이 정도로 실체화가 잘 되어 있는 진법이라면……."

콰앙—!

풍호자와 유설빈은 말을 잇지 못하고 몸을 피했다.

그들이 피한 그 자리에 거인의 팔뚝 같은 나무뿌리가 와서 틀어박혔던 것이다.

마치 도끼라도 맞은 듯 깊숙이 파여 버린 바닥을 본 유설빈의 얼굴이 딱딱하게 굳었다.

"정통으로 맞는다면 어디 한 군데 부러질 각오를 하는 게 좋겠구나."

"젠장."

유설빈은 이를 갈면서 검 손잡이를 슬며시 매만졌다.

어쩐지 이번에 맡은 일이 너무 쉽다고 생각했다.

그런데 이런 대반전이 숨어 있을 줄이야.

속으로 욕지기를 내뱉으며 유설빈은 빠르게 주변을 훑어보았다.

쾅— 콰아앙—!

나무뿌리가 허공에서 계속 떨어져 내리며 유설빈을 비롯한 일곱 명의 무당파 고수들을 노리고 있었지만 그것은 사실 큰 위협이 되지 못했다.

맞으면 부상을 피할 순 없겠지만 그들은 가만히 앉아서 맞아 줄 바보들이 아니었다.

그들 수준의 고수에게는 그저 귀찮고 성가실 뿐인 것이다.

'단지…….'

걱정거리는 어느새 기척을 숨긴 채 어둠 속에서 그들을 노리고 있는 혈음마군 주상산.

그 늙은 마귀였다.

'젠장, 어디로 숨었지?'

너무 놀라운 광경을 마주하고 얼이 빠지는 바람에 그만 순간적으로 그 늙은 마귀의 기척을 놓쳐 버렸다.

곧 땅을 치며 후회했지만 이미 지나간 일.

이제는 최대한 빨리 수습할 일만 남았다.

계속 나무뿌리를 피해 자리를 이동하면서 유설빈은 그의 초감각을 크게 열어 보았다.

'최대한 빨리 찾아내야 해.'

이런 불리한 상황이지만 그는 주상산이 기습을 해 와도 얼마든지 맞받아칠 자신이 있었다.

그는 화경의 고수.

애초에 기습 따위가 통하지 않는 절대 고수인 것이다.

하지만 문제는 그와 함께 온 무당파의 원로들이었다.

그들은 아직 화경의 경지에 들어서지 못했기 때문에, 주상산이 빈틈을 노리고 기습을 해 온다면 치명상을 입을 우려가 있었다.

때문에 지금 유설빈은 전신의 감각을 극대화한 채 주상산의 기척을 찾으면서 한편으로는 원로들을 보호하는 것에도 신경을 분산하고 있었다.
그때.
쉬이익—
유설빈은 무언가가 날아오는 소리를 듣고 재빠르게 검을 휘둘렀다.
땅—!
돌멩이 하나가 그의 미간을 노리고 쏘아져 왔던 것이다.
급하게 돌멩이가 날아온 방향으로 달려가던 유설빈은 순간 멈칫했다.
그리고 바닥을 찍고 반대쪽으로 튕겨져 가며 비명처럼 소리쳤다.
"풍소자 사숙!"
풍소자.
그는 지금 막 자신을 향해 떨어지던 나무뿌리를 도약해서 피한 다음 유설빈이 부르는 소리에 흠칫했다.
"이미 늦었다. 애송아."
허공중에 떠 있는 풍소자를 향해 작은 그림자가 덮쳐들었다.
풍소자는 당황했지만 곧 몸에 밴 습관을 따라 검을 빠르게 찔러 넣었다.
하지만 그러한 다급한 저항이 작정하고 덤벼든 화경의 고수에게 통할 리가 없었다.
찔러져 오는 검을 가볍게 옆으로 밀쳐 내며 주상산은 주먹을 뻗었다.
빠박—!
풍소자의 왼쪽 무릎과 오른쪽 무릎이 힘없이 뒤로 꺾였다.

동시에 균형을 잃은 풍소자의 신형이 급격하게 아래로 추락했다.
"개자식! 죽여 버리겠다!"
주상산의 뒤를 분노한 유설빈이 덮쳤다.
새하얗게 백열하는 검.
검황 백무량의 후예답게 그의 검에는 백색의 강기가 이글거리고 있었다.
치이익—!
주상산은 그의 반응을 미리 예상하고 있었기에 그 검을 아슬아슬하게 피하며 얄밉게 웃었다.
"네 사숙 아직 안 죽었다. 애송아."
유설빈은 주상산의 말에 순간 멈칫했다.
과연 아래를 내려다보니 두 다리가 부러졌지만 분명히 살아 있는 사숙이 눈에 들어왔다.
그제야 유설빈은 주상산의 속셈을 알아차리고 치를 떨었다.
"이 악마 같은 늙은이가……."
전투 경험이 풍부한 주상산이다.
이런 혼전 속에서 다수인 적을 상대하는 방법을 정확하게 알고 있었던 것이다.
죽일 수 있는 확실한 기회가 와도 일부러 죽이지 않고 행동불능으로만 만든다.
그렇게 되면 동료들이 와서 부상자를 데리고 나무뿌리를 피하며 움직여야 했다.
부상자가 곧 살아 있는 짐덩이가 되는 것이다.

"개자식……."

유설빈은 이를 부득부득 갈았다.

이건 위험했다.

부상자가 한 명 생김으로써 순식간에 다른 사람들이 짊어져야 하는 위험부담까지 엄청나게 늘어난 것이다.

이 말은 반대로 주상산에게는 역전의 기회가 점점 커진다는 말이었다.

확실히 이것은 지금 상황에서 생각할 수 있는 최고의 전투 방식이다.

"안 쫓아오느냐?"

주상산은 제자리에서 멈춰 있는 유설빈을 향해 장풍을 쏘아 낸 후 훌쩍 멀어지며 잔인하게 웃었다.

"그럼 천천히 기다리려무나. 하나씩 확실하게 죽여 줄 테니."

그 말에 쫓아가려던 유설빈은 다시 멈칫하며 그 자리에서 대기했다.

사숙들과 떨어져 뒤를 쫓는다면 저 간교한 마귀가 또 무슨 수작을 부릴지 알 수가 없었다.

'이제 시작이다. 애송아.'

적자생존, 약육강식.

그 처절한 율법이 지배하는 곳이 바로 천마신교다.

그러한 곳에서 잔뼈가 굵을 대로 굵어 버린 주상산이었다.

그가 여태껏 살아오며 체득한 생존 방식은 이것보다도 훨씬 혹독했다.

때문에 지금의 이 상황은 상대적으로 편안하고 안전한 길을 달려온 유설빈으로서는 전혀 예측 못 했던 종류의 것이었다.

"풍소자는 염려 말거라. 나와 사제들이 책임지마."

풍호자가 재빨리 달려와 신음을 흘리고 있는 풍소자를 둘러메며 말하자 유설빈은 딱딱한 얼굴로 고개를 끄덕였다.

"그럼 부탁드리겠습니다."

"너는 저 악귀만 잡아 죽이도록 하거라."

"안 그래도 그럴 작정입니다."

푸아악—

유설빈은 머리 위로 떨어져 내리는 나무뿌리를 일검에 잘라냈다.

그러자 피같이 붉은 수액이 그의 전신을 덮치며 흘러내렸다.

유설빈은 수액을 덮어쓴 상태로 사나운 얼굴을 해 보였다.

지금 그는 스스로에게 너무 화가 나 있었다.

주상산의 얕은 잔재주에 놀아났다고 생각했기 때문이다.

'고작 돌멩이 하나 때문에…….'

너무 긴장하고 있었던 나머지 무의식적으로 몸이 반응해 버렸다.

그 실수 하나로 사숙이 두 다리를 잃어야만 했다.

뼈아픈 실책.

'두 번은 안 통해.'

유설빈이 이를 부득부득 갈며 사방으로 감각을 넓혀 갔다.

그런 유설빈을 어둠 속에서 바라보며 주상산은 히죽 웃었다.

'애송아, 정말 두 번이 안 통할 것 같으냐?'

저놈이 지금 하고 있는 생각이 손에 잡힐 듯 뚜렷하게 보였다.

무공의 경지야 서로 비슷할지 몰라도 경험에서 압도적으로 차이가 나는 것이다.

주상산은 유설빈이라는 애송이를 어떻게 요리할까 생각하며 흐뭇하게 웃었다.

'그나저나 정말 대단하긴 하구만.'

중앙의 거대한 은색 나무를 바라보며 주상산은 속으로 혀를 내둘렀다.

지금의 이 상황은 정말 생각지도 못한 기회였다.

초류향 소공자의 스승이라는 영감이 진법의 대가라는 건 익히 알고 있었지만 이런 말도 안 되는 짓을 할 수 있는 정도일 줄은 전혀 몰랐다.

같이 있던 사람도 몰랐던 것이니 저놈들은 어떻겠는가?

날벼락도 이런 날벼락이 없을 것이다.

'저 안에 계시면 무사하시겠지?'

은색의 나무.

그 중심부에 아마 초류향 공자와 조기천이라는 영감이 들어가 있을 것이다.

이 진법 안에서 가장 안전한 장소였다.

'그나저나 이 나무는 뭐로 만들어진 거야?'

무엇으로 만들어진 것인지 모르겠지만 보통의 나무가 아닌 것만은 확실했다.

그동안 가만히 살펴보니 어지간한 충격 가지고는 흠집도 나지 않았기 때문이다.

그런데 그것을 일검에 베어 버린 유설빈이라는 놈.
저놈은 확실히 경계해야 하는 놈이었다.
'그럼, 다음은 어떻게 공격해 볼까나…….'
주상산은 머리를 굴리며 천천히 호흡을 가다듬었다.
기척을 숨기기 시작한 것이다.

콰앙—!
풍호자는 떨어지는 나무뿌리를 피하며 연신 고개를 갸웃거렸다.
무언가가 이해가 되지 않았던 것이다.
'아무래도 이상하다.'
이런 엄청난 진법이 있다는 것.
그것만으로도 충분히 놀랄 만한 일이었지만 그를 더 곤혹스럽게 하는 것은 다른 게 아니었다.
'어째서 진법이 두 가지 다른 명령을 수행할 수 있는 것일까?'
보통의 진법은 조건이 갖춰지면 하나의 목적을 가지고 매우 단순하게 움직이게 된다.
예를 들어 살아 있는 존재들을 다 죽이라는 목적.
그런 명령이 있다면 진법은 그 안에 들어와 있는 생명체들을 무차별적으로 공격하게 되어 있었다.
처음에는 풍호자도 이 진법이 그러한 종류라고 생각했다.
그런데 아니었다.
그를 비롯한 무당파의 사람들만 줄기차게 공격받고 있었고, 주상산은 단 한 번도 공격을 받지 않았다.

이것은 무언가 이상했다.

애초에 진법은 사람을 가릴 수 있는 능력이 없었기 때문이다.

그런데 지금 눈앞에 벌어지는 현실에선 그게 가능하지 않은가?

가만히 생각을 거듭하고 있던 풍호자는 신중한 얼굴로 입을 열었다.

"설빈아."

"……."

"유설빈."

"……예?"

너무 깊은 집중 상태에 빠져 있었기 때문에 잠시 그것에서 헤어 나오지 못하던 유설빈은 재빠르게 정신을 차리며 그의 사숙을 바라보았다.

"무슨 일입니까, 사숙?"

"아무래도 저곳이 수상하구나."

유설빈은 사숙의 시선을 따라가 보았다.

그리고 눈을 가늘게 뜨며 말했다.

"……확실히 그렇군요."

은색의 나무.

그곳의 중심부를 노려보며 유설빈은 고개를 끄덕였다.

그때 풍호자가 말했다.

"아무래도 저곳에 진법의 핵(核)이 있을 것 같구나."

"핵이요?"

"그래. 그것만 없앤다면 진법은 파괴된다."

"오호?"

이 정도의 진법을 파훼할 능력은 그들에게 없었다.

그러나 진법을 완전히 파괴할 정도의 힘은 충분히 있었다.

"하지만 움직이면 놈에게 빈틈이 노출될 겁니다."

풍호자도 그것을 알았다.

호시탐탐 기회를 엿보고 있을 혈음마군 주상산.

하지만 지금으로서는 가만히 있어 봐야 손해만 커질 뿐이었다.

"시간을 끌어 봐야 우리에게 좋지 않을 것 같구나."

"으음……."

유설빈은 눈썹을 가운데로 모으며 심각하게 고민했다.

선택을 해야 했다.

그리고 사숙들의 눈을 하나하나 응시하던 그가 결국 힘겹게 입을 열었다.

"다소간의 희생…… 감수해 봐야겠습니다. 사숙님들."

"무량수불……."

모두가 고개를 끄덕이며 도호를 읊을 때 그때까지 부상으로 인해 고통스러운 얼굴을 하고 있던 풍소자가 힘겹게 입을 열었다.

"……나를 버려두고 가시게."

유설빈이 침중한 얼굴로 고개를 저었다.

"그럴 수는 없습니다. 사숙."

"더 이상 너에게도, 사형제들에게도 짐이 되고 싶지 않구나."

계속되는 풍소자의 말에 유설빈은 결국 얼굴을 와락 일그러뜨리며 화난 얼굴로 소리쳤다.

"지금 저희들에게 혈육을 버리는 짐승이 되라는 말씀이십니까! 저는 그렇게는 못 합니다!"

"하나……."

"그런 건 마교 놈들이나 하는 짓거리가 아닙니까? 아무 말씀 하지 마십시오. 사숙님은 그저 살아서 저희와 함께 돌아가시면 되는 겁니다."

유설빈은 그렇게 말하며 굳은 얼굴로 풍소자를 등에 업었다.

그리고 허리에 차고 있던 끈을 풀어 풍소자를 자신의 몸과 떨어지지 않게 단단히 동여매며 작게 입을 열었다.

"이제부터는 제가 사숙님의 생명을 책임지겠습니다. 사숙님이 죽으면 저도 함께 죽는 겁니다. 그러니 더 이상 버리고 가라는 말 같은 건 하지 마십시오."

"사질……."

풍소자의 얼굴에 괴로워하는 기색이 어렸지만 유설빈은 단호한 얼굴로 마음을 다잡았다.

이제부터 진짜 험난한 싸움이 펼쳐질 것이다.

하나 지금 유설빈의 이 선택 때문에 그를 비롯한 나머지 여섯 명의 무당파 고수들의 전신에서는 숨길 수 없는 막강한 기세가 뿜어져 나왔다.

모두가 죽음을 각오하여 완전히 하나로 단합이 된 것이다.

"가시죠. 사숙님들."

"그러자꾸나."

은색의 나무.

그 중심부를 향해 무당파의 고수들이 서서히 움직이기 시작했다.

第四章

마지막 가르침

초류향은 오랜만에 꿈을 꾸었다.

꿈속에서 초류향은 작은 나비가 되어 있었다.

'뭐야, 이건?'

이상한 꿈이었다.

자색의 구슬을 만지고 정신을 잃은 것까지는 기억이 나는데 고작 이런 괴상한 꿈이나 꾸고 있다니.

초류향이 속으로 작게 구시렁거리고 있을 때.

갑자기 눈앞에 보이는 장면이 급격하게 바뀌었다.

새하얀 날개를 가진 작은 나비.

초류향은 날개를 퍼덕이며 주변을 둘러보았다.

이곳은 사람들이 아주 많이 모여 있는 곳이었다.

그리고 그들 중에는 익숙한 얼굴도 몇몇 보였다.

'스승님!'

공손천기.

천마신교의 교주인 그가 제일 먼저 눈에 들어왔다.

이 수없이 많은 사람들 사이에서도 그의 존재감은 숨길 수가 없는 것이다.

초류향.

하얀 날개의 작은 나비는 반가운 마음에 공손천기에게 날아가려다가 중간에서 멈칫했다.

'스승님…….'

그의 스승님은 지금 크게 분노하고 있었기 때문이다.

"이봐…… 영감."

공손천기는 천천히 고개를 돌리며 뒤에 서 있던 백무량을 바라보았다.

"너희들이 진짜로 원하던 게 이런 거였냐?"

단 한 번의 격돌.

그 부딪침으로 인해 단번에 수십 명의 사상자가 나왔다.

젊은 무인들의 피가 반야평에 흘러내렸다.

그들이 내지르는 비명과 쉼 없는 악다구니가 이곳에 흐르는 소리의 전부였다.

공손천기가 그토록 피하고자 했던 광경.

"대답해! 이 빌어먹을 영감탱이야!"

백무량은 공손천기의 일갈에도 표정 변화 없이 진중한 얼굴로 최후

의 일전을 준비하며 입을 열었다.
"악(惡)을 처단함에 있어서 어느 정도의 피해는 불가피한 일이지. 게다가 저들 모두가 이미 각오한 일이다."
"뭐? 악?"
"너희 마교는 독사같이 유해한 놈들이지. 네놈들을 처단하기 위해서라면 얼마든지 피해를 감수할 각오가 되어 있다."
공손천기는 웃었다.
입꼬리만 슬쩍 올라가는 웃음.
하지만 눈은 전혀 웃고 있지 않았다.
"지금 우리더러 독사라고 했냐?"
"물론. 너희 마교는 세상을 위해 없어져야 할 해로운 존재다. 알고 있지 않았나?"
공손천기는 웃었다.
저놈은 지금 진심으로 저렇게 생각하고 있었던 것이다.
어이가 없었다.
너무 어이가 없으니 자꾸 웃음만 나왔다.
"크, 크큭. 크하하하!"
한참 동안 하늘을 보며 웃던 공손천기는 돌연 웃음을 뚝 멈추고 입을 열었다.
"구제불능의 고집불통 영감탱이가 우리 사부 말고 또 있을 줄은 몰랐다. 재밌었다."
말을 하는 공손천기의 전신에서 여태까지와는 전혀 다른 핏빛의 기운이 스멀스멀 뿜어져 나오기 시작했다.

그것은 매우 난폭했으며 농도가 짙었다.

"시간이 없으니까 진짜를 보여 주지. 영광으로 알아라."

말을 하며 공손천기는 오른쪽 팔목에 차고 있던 검은색의 팔찌를 매만졌다.

그리고 그것을 천천히 풀어내며 중얼거렸다.

"이제부터는 나도 나를 제대로 제어할 자신이 없으니까…… 살고 싶으면 도망치는 게 좋을 거다."

"그 말은 모욕적이군."

"충고다, 멍청아."

푸아악—

백무량은 갑자기 사나워진 상대방의 기세에 자신도 모르게 뒤로 물러나며 검을 꽉 움켜쥐었다.

그러다 정면을 보고 눈을 부릅떴다.

'이, 이건…….'

심상치 않았다.

반백인 공손천기의 머리가 점차 검게 물들어 가기 시작했던 것이다.

그것만이 아니었다.

공손천기의 주름투성이 육체가 팽팽하게 부풀어 오르더니 점점 젊고 싱싱하게 변해 갔다.

투드득—

근육들이 빠른 속도로 찢어졌다가 재생되기를 반복했다.

그리고 뼈와 뼈들도 빠르게 맞춰져 갔다.

엄청난 속도로 최전성기 때의 육체로 되돌아간 것이다.

'이건 말도 안 돼!'

저 광경은 전설로만 존재한다던 반로환동(返老還童:노인이 다시 어린 아이로 변함)이 아닌가?

"후흐……."

백무량이 넋을 놓고 있거나 말거나 공손천기는 입으로 깊은 숨을 토해 내며 히죽 웃었다.

"제법 나쁘지 않은 기분이다."

오랜만이었다.

그동안 힘을 억눌러 오느라 고생깨나 하지 않았던가?

그것을 이렇게 해방하고 나니 정말 살 것 같았다.

어느새 공손천기의 전신에서는 막강한 힘이 터질듯이 넘실거리고 있었다.

"우리가 악이라고 했었지? 좋아. 그럼 이제부터 진짜 악마가 뭔지 보여 주마."

"……."

백무량은 이를 악물었다.

그러고 보니 들은 기억이 있었다.

마교가 그토록 외부에서 수많은 핍박을 받으면서도 멸문되지 않고 버틸 수 있었던 힘.

종교라든가 신앙과는 전혀 관계없는 실질적인 무력.

그 모든 힘의 정점에 서 있는 것.

'수라환경!'

저것은 분명 오로지 천마신교의 교주만이 익힐 수 있다는 절대의 무공.

그것의 일부일 것이다.

"우선 한 방."

공손천기는 송곳니를 드러내며 웃었다.

그 후 주먹을 가볍게 쥐고 정면에 있는 백무량을 향해서 허공을 짧게 끊어 쳤다.

너무도 헐렁한 몸짓.

그러나 그 결과는 결코 가볍지 않았다.

뻐엉—!

잔뜩 압축된 공기가 터져 나가며 백무량을 덮쳐 갔던 것이다.

'이런!'

백무량은 이를 악물고 덮쳐 오는 기운을 향해 검을 휘둘렀다.

백색의 기운이 구름처럼 일어나며 백무량의 전면을 완벽히 막아섰다.

무당파의 자랑이자 최강의 검법.

태극무결검법.

그것을 펼친 것이다.

덮쳐 오던 기운과 백색의 검광이 공중에서 부딪쳤다.

쿠콰콰쾅—!

땅거죽이 크게 일어나며 무언가가 빠르게 뒤로 튕겨져 나갔다.

넝마조각처럼 구겨져 날아가 버린 것.

그것은 놀랍게도 백무량이었다.

단 한 방.

단 한 방으로 백무량을 휴지 조각처럼 날려 버린 것이다.

실로 압도적인 힘이었다.

"……악운이 강하군."

공손천기는 피를 한 사발이나 토해낸 채 기절해 버린 백무량을 슬쩍 본 다음.

고개를 돌려 격전이 벌어지고 있는 곳을 응시했다.

저쪽은 아직도 싸우고 있었던 것이다.

"빌어먹을."

피를 보자 온몸이 흥분으로 차츰 떨리기 시작했다.

제어하지 못할 만큼 거대한 힘.

그것 때문에 전신이 미칠 듯이 피를 갈구하는 것이다.

이성이 날아가 버릴 것만 같았다.

'내가 질 것 같으냐.'

푸스스—

공손천기의 몸에서 핏빛 기운이 잦아들고 점차 아지랑이 같은 기운이 일렁거리기 시작했다.

필사적으로 억제하고 있는 것이다.

이곳에서 그가 이성을 잃고 날뛰면 정말 최악의 상황이 펼쳐지게 될 테니까.

'나는 공손천기다.'

공손천기는 속으로 그렇게 자신의 이름을 중얼거리며 두 주먹을 꽉 움켜쥐고 걸었다.

천천히 한 걸음씩.

마치 계단을 오르듯이 빈 허공을 걸어 올라가기 시작했다.

“허, 허공답보(虛空踏步)!”

아래에서 그 광경을 지켜보던 몇몇 무인들이 경악성을 터트렸다.

공손천기는 앞을 막고 있던 수많은 무인들을 그렇게 단숨에 뛰어넘어 격돌이 벌어지고 있는 현장 바로 위에 멈춰 섰다.

그리고 아래를 내려다보자, 수많은 시체들이 눈에 들어왔다.

두근—

공손천기는 이를 악물고 웃었다.

사방에 가득 찬 비릿한 피 냄새가 향긋하게 느껴졌다.

고통으로 일그러진 적들의 표정 역시 보기 좋았다.

서서히 흥분으로 머릿속이 미쳐 가는 게 느껴지자 공손천기는 서둘렀다.

“백무량은 나에게 졌다. 저쪽에서 만신창이가 된 채 나뒹굴고 있지. 너희들도 죽고 싶지 않으면 사라져라.”

좋게, 좋게 해결하고 싶었다.

되도록 이성이라는 게 남아 있을 때.

하지만 일이라는 것은 항상 생각한 대로만 풀리진 않는 법이다.

“우리가 왜 마두 따위의 명령을 들어야 하는 거냐!”

“맞소!”

정도맹 놈들 중에서도 상황 파악 못하는 놈들이 주변을 선동하기 시작했다.

두려움에 겁을 집어먹고 있으면서도 물러서지 않는 것이다.

‘멍청한 놈들…….’

공손천기가 눈살을 찌푸릴 때 누군가가 조심스럽게 하는 이야기가 들려왔다.

"월인도법이 저곳에 있는 것 아니오? 그러니 마교 놈들이 이렇게 못 가게 하려고 필사적이지."

이것이 결정타였다.

월인도법이라는 단어가 가지는 힘은 굉장했다.

그때까지 공손천기가 보여 주는 압도적인 모습에 주눅 들어 있던 정도맹의 무인들 전체가 들썩거리기 시작한 것이다.

"정말 바보 같은 놈들이다."

이제 어쩔 수 없었다.

지금 상황에서 가장 효과적인 방법을 쓰는 수밖에는.

가장 확실한 공포.

공손천기는 그것을 저놈들에게 심어줄 심산이었다.

"난 분명 경고했다. 이 멍청이들아."

숨을 골랐다.

아래에서 올라오는 역한 피 냄새 때문에 현기증이 일어날 지경이었다.

아니, 사실은 미치도록 기분이 좋아지려고 했다.

'젠장! 최대한 빨리 끝내야 해.'

시간이 없었다.

공손천기는 아예 호흡을 멈추고 오른쪽 손바닥을 펼쳐 하늘을 보게 하고 그대로 들어 올렸다.

그러자 둥근 구체가 그곳에 맺혔다.

핏방울처럼 둥근 구체.

밑에 있던 무인들이 바짝 긴장하고 있을 때.

공손천기가 다시 손바닥을 뒤집었다.

그러자 하늘에서 피의 비가 바닥으로 쏟아지기 시작했다.

'수라환경 제3초식.'

폭마혈우(瀑魔血雨).

파괴의 붉은 비가 지상으로 사정없이 퍼붓기 시작한 것이다.

그리고 그 광경이 초류향이 본 마지막 장면이었다.

파아아앗—!

"어……?"

"깨어났느냐?"

"……예."

"다행이다. 너무 늦지 않게 깨어났구나."

이게 무슨 뜻일까?

초류향은 누운 상태로 두 눈을 깜빡이며 의아한 얼굴을 해 보였다.

그때 갑자기 머리가 띵해 왔다.

그러고 보니 온몸이 열병에라도 걸린 것처럼 뜨거웠다.

초류향은 발갛게 상기된 얼굴로 단 숨을 거칠게 몰아쉬며 헐떡거렸다.

'그런데 좀 전의 그건 뭐였지?'

뭐였을까?

조금 전에 본 것은 단순히 꿈?

꿈이라고 치부하기엔 너무 사실적이지 않았던가?

'나중에 공손천기 스승님을 만나게 되면 여쭈어 봐야겠다.'

열이 올라서 정신이 없는 와중에도 초류향은 그렇게 생각했다.

"일어날 수 있겠느냐?"

"예."

"그럼 미안하지만 잠깐 일어나 보겠느냐? 너에게 꼭 보여 줘야 할 것이 있구나."

초류향은 스승님의 말소리가 왠지 먼 곳에서 들려서 의아하다고 생각했다.

비틀거리며 자리에서 일어선 초류향은 이내 제자리에서 석상처럼 굳어 버렸다.

"스, 스승님, 이건……."

조기천.

그는 지금 은색의 나무 넝쿨에 온몸을 칭칭 감싸인 채 얼굴만 내놓은 상태로 허공에 대롱대롱 매달려 있었다.

"대체……."

어떻게 된 것일까?

왜 스승님의 몸에서 진법에서만 드러나는 특징적인 모습이 보이는 것일까?

"이곳은 내가 만든 진법의 안이다."

말을 끊고 잠시 뜸을 들이던 조기천은 특유의 담담한 음성으로 다시 입을 열었다.

"그리고 나는 그 진법의 핵이 되었다."

진법의 핵?

초류향은 그제야 지금 상황이 어떻게 된 것인지 이해가 되었다.

동시에 화가 치밀어 올랐다.

"왜…… 대체 왜 이런 결정을 하신 겁니까, 스승님?"

보통 진법의 핵은 주변의 힘이 비정상적으로 응집되는 곳이라 제일 예민하고 위험한 부분이다.

때문에 응집력이 강한 보석을 집어넣어서 그 힘을 인위적으로 조절한다.

그런데 살아 있는 생명체.

그것도 인간이 그 보석의 역할을 대신하다니?

이건 너무 위험한 발상이었다.

계산이 조금만 잘못되어도 진법의 압력에 의해서 온몸이 터져 나가서 즉사하기 때문이다.

목숨이 몇 개가 있어도 절대 해서는 안 되는 위험한 시도.

설혹 성공한다고 하더라도 문제가 심각했다.

인간의 육체는 그렇게 오랫동안 진법의 힘을 버텨 낼 수가 없는 것이다.

"어쩔 수가 없었다."

보석으로 진법을 만들고, 그것을 조절할 시간적인 여유가 없었다.

그만큼 급박한 상황이었다.

조기천은 특유의 담담한 시선으로 화난 얼굴의 제자를 바라보며 입을 열었다.

"시간이 별로 없다. 이제 이곳도 더 이상 안전하지 않구나."

조기천의 말에 초류향은 순간 머리가 싸늘하게 식어 가는 것을 느꼈다.

그러고 보니 진법에 대해서는 자신보다 더 잘 알고 있는 스승님이셨다.

그런데 이런 엄청난 위험을 감수하고 진법을 만들어야 했다?

이건 무턱대고 화를 낼 일이 아니었다.

"무슨 말씀이십니까?"

"적이 오고 있구나. 이번에는 아무래도 버텨 낼 자신이 없다."

초류향의 얼굴이 핼쑥하게 변했다.

적이라니?

그리고 버틴다니?

그게 다 무슨 말인가?

"거의 다 왔구나."

쿠르릉—

갑자기 지면이 크게 들썩거리기 시작했다.

동시에 조기천이 얼굴을 고통스럽게 일그러뜨리며 입을 열었다.

"잘 보아 두거라. 너에게 내리는 내 마지막 가르침이다."

쿠콰콰쾅—!

거대한 폭음과 함께 벽이 무너지기 시작했다.

그리고 그 벽 너머로 악귀 같은 얼굴을 한 무당파의 고수들이 사납게 들이닥쳤다.

*　　*　　*

'이놈들, 뭔가 알아챈 건가?'

혈음마군 주상산.

그는 무당파의 고수들이 갑자기 중앙을 향해 미칠 듯이 뛰기 시작하자 속으로 뜨끔했다.

놈들이 달리고 있는 방향이 정확하게 초류향 소공자가 있는 곳이었기 때문이다.

'아무리 그래도 그렇지…….'

주상산은 슬쩍 불쾌한 얼굴을 해 보였다.

그가 어둠 속에서 버젓이 노리고 있음을 아는데도 저렇게 등을 훤하게 내주고 달린다?

'건방진 놈들. 이 늙은이가 만만하다 이거냐?'

저쪽 입장에서는 도박을 한 셈인데 그걸 알 리가 없는 주상산이다.

입술을 비죽거린 주상산은 움직였다.

신속하지만 은밀하게.

놈들이 달리고 있는 방향으로 빠르게 따라붙었다.

그러다 어느 지점에 이르렀을 때 손가락 끝에 힘을 주었다.

파츠츠츳—

위험한 소리와 함께 강대한 기운이 손가락 끝에 모였다.

'지금.'

피융—

손끝에 응집되어 있던 기운이 벼락처럼 뿜어져 나가 제일 뒤쪽에 있던 무당파 고수의 뒤통수를 노렸다.

"사숙!"

유설빈이 경고하자마자 제일 뒤에 있던 무당파 고수.

풍설자는 위험을 직감했다.

동시에 그는 몸을 팽이처럼 휘돌리며 주상산의 일격을 피해 냈다.

감히 맞받아칠 엄두가 나지 않았기 때문에 피한 것이다.

하지만 그것은 주상산이 노리던 바였다.

약간의 멈칫거림.

그것이면 충분했으니까.

'우선 한 놈.'

어둠 속에서 주상산은 음산하게 웃었다.

조금 뒤로 처진 저놈은 그에게 좋은 먹잇감이기 때문이다.

'이래도 달려갈 거냐?'

주상산이 공개적으로 모습을 드러내자 제일 앞서서 길을 열고 있던 유설빈이 잠깐 머뭇거렸다.

사숙을 구하러 가야 할지 아니면 그냥 계속 달려야 할지 망설인 것이다.

그 모습을 본 풍호자가 그를 무섭게 채근했다.

"뒤돌아보지 말거라."

"하지만……."

사숙 혼자서는 도저히 저 악귀를 감당할 수 없었다.

주상산은 화경의 고수.

그러니 유설빈, 그가 직접 나서야 하는 것이다.

"네 이놈! 지금 죽음을 각오한 것이 너 하나만인 줄 아느냐? 네 사숙들을 우습게 보지 말거라!"

유설빈은 풍호자의 호통에 이를 꽉 깨물었다.

그랬다.

그의 사숙들은 겁쟁이가 아니다.

비겁자도 아니었다.

이곳에서 걸음을 멈추고 뒤로 돌아간다는 것은 사숙들의 그런 각오를 모욕하는 셈이 될 것이다.

투캉—!

뒤를 슬쩍 보자 풍설자가 악착같이 주상산을 물고 늘어지는 것이 눈에 들어왔다.

그 모습을 망막에 새기며 유설빈은 앞으로 내달렸다.

'사숙은 죽을 것이다.'

그 생각을 하니 갑자기 심장이 터져 나갈 듯 괴로웠다.

각오했던 일이지만 실제로 현실이 되어 다가오니 견딜 수 없을 만큼 괴로웠던 것이다.

'빌어먹을!'

사숙의 죽음을 헛되지 않게 하려면 이곳에서는 최대한 빨리 달려가는 수밖에 없었다.

그 답답한 사실이 유설빈을 광분하게 만들었다.

"으아아아!"

유설빈은 검을 뽑아 들고 덮쳐 오는 나무뿌리들을 난도질하기 시작했다.

츄아악— 촤아악—!

앞으로 향하면 향할수록 떨어져 내리는 나무뿌리의 수가 급격하게 증가했다.

하지만 그런 것으로 성난 호랑이처럼 분노한 유설빈을 막아 낼 수는 없었다.

등에 부상자 한 명을 둘러메고 있었지만 유설빈은 앞을 막아서는 것들을 모조리 베어 넘기며 미친 듯이 내달렸다.

'부숴 버린다.'

머지않았다.

장애물들이 성가시게 했지만 곧 원하는 목적지에 도달할 수 있을 것이다.

그리고 저 안에 뭐가 있든 다 박살 내 버리지 않으면 분이 풀릴 것 같지가 않았다.

그때.

피잉—!

다시금 무언가가 날아오는 섬뜩한 소리가 등 뒤에서 들렸다.

'설마 벌써?'

유설빈은 새하얗게 질린 얼굴을 해 보였다.

사숙이 목숨을 걸고 번 시간이 고작 이것밖에 안 되는 것일까?

뒤를 바라본 유설빈의 얼굴이 점점 악귀처럼 일그러져 갔다.

전신에 피를 뒤집어쓴 주상산이 무시무시한 기세로 쫓아오는 게 보였기 때문이다.

그때.

쾅—!

뒤에 있던 누군가가 검으로 주상산의 앞을 가로막았다.

동시에 유설빈의 얼굴이 핼쑥해졌다.

"풍진자 사숙!"

"가거라!"

항상 조용하게 앉아서 책 읽기를 즐겼던 풍진자 사숙.

그가 일행들의 뒤를 막고 단단하게 버텨 섰다.

유설빈은 거무죽죽하게 변한 얼굴로 그런 풍진자를 바라보다 입술을 깨물며 다리에 더더욱 힘을 가했다.

이제 와서 멈출 수는 없다.

뒤에 있던 다른 사숙들의 표정에서 각오를 읽은 것이다.

유설빈, 그리고 무당파의 고수들에게는 더 이상 물러설 곳이 없었다.

'젠장! 젠장!'

쉽게 생각했던 일이었다.

그런데 벌써 사숙들이 두 명이나 희생되지 않았는가?

부상자까지 합치면 세 명이나 희생되었다.

"사숙, 어디입니까?"

유설빈이 달리는 와중에 독기 어린 말투로 묻자 그의 옆에 있던 풍호자가 눈을 가늘게 뜨고 어딘가를 손가락으로 가리켰다.

"저기다."

"저기만 부수면 진법이 부서지는 것입니까?"

"아마 그럴 게다."

"알겠습니다, 사숙."

우웅—

유설빈은 대답을 듣자마자 검에 무지막지하게 내력을 불어넣었다.

잠시 불안하게 흔들리던 그의 검에서 새하얀 기운이 구름처럼 뭉클거리며 뿜어져 나왔다.

"하압!"

유설빈은 짧은 기합과 함께 허공에 높이 도약하며 앞으로 검을 쏘아 보냈다.

쐐애애액—!

날카로운 파공음이 울려 퍼지며 은색 나무의 중심부.

그곳을 향해 백색의 벼락이 떨어져 내렸다.

'부서져라.'

유설빈은 확신했다.

이기어검술.

아직 많이 미숙해서 편법으로 겨우겨우 흉내 내는 정도가 한계였지만 그것만으로도 충분했다.

쾅— 콰콰쾅—!

천지를 뒤흔드는 폭음과 함께 은색의 나무가 번개에 맞은 듯 세로로 쩍 갈라졌다.

*　　*　　*

사실 지금 이 자리에서 즉각적으로 진법을 만든 것은 조기천에게 그다지 어려운 일이 아니었다.

용이 승천하면서 생긴 엄청난 기운 때문에 진법이 깨어지긴 했지만, 이곳은 본래 두 개의 진법이 겹쳐 그려져 있었던 장소가 아닌가?

조기천은 그저 그 부서진 진법을 다시 복구한 것에 불과했다.

스스로의 몸을 매개체로 해서.

하지만 완전하게 만들어 내지는 못했다.

산법과 진법의 달인인 조기천으로서도 본래의 엄청난 계산식을 완벽하게 재현해 내지 못한 것이다.

급하게 만들어 낸 것은 바깥에 있었던 보호의 진법.

그것만 변형해서 복구하고 안쪽의 진법은 다른 방식으로 활용하기로 마음먹었다.

쿠콰콰쾅—!

"잘 보아 두거라. 너에게 내리는 내 마지막 가르침이다."

그 말이 끝이었다.

이내 나무가 쪼개지고 악귀 같은 얼굴을 한 무당파의 고수들이 안으로 들이닥쳤던 것이다.

"찾았다, 이 쥐새끼들."

쐐애애액—!

질문도 경고도 없었다.

제일 전면에 서 있던 사내가 다짜고짜 검을 찔러 왔다.

조기천은 그 자리에서 피할 수도 없었고, 사실 피할 생각도 없었다.

그저 담담하게 결과를 받아들일 따름이었다.

푸우욱—!

차가운 금속이 피부를 헤집고 들어오는 느낌이 들었다.

은색의 넝쿨을 갑옷처럼 두르고 있었지만 그것만으로 유설빈의 검을 막아 낼 수 없었던 것이다.

조기천은 입에서 피를 토해 내면서 흐릿하게 웃었다.

이로써 진법은 완성되었다.

용이 그랬던 것처럼 겹쳐진 두 개의 진법을 한꺼번에 발동시킬 능력은 없었지만, 이런 식으로 두 개의 진법을 연달아 발동시키는 것 정도는 조기천에게도 가능했던 것이다.

촤아아악—!

피가 뿜어져 나오고 조기천의 몸이 경련을 일으키며 천천히 바닥으로 쓰러졌다.

두 번째 진법의 발동 조건.

첫 번째 진법의 핵이 파괴됨으로써 지금 그 조건이 완성되었다.

"끝났나?"

유설빈은 고개를 갸웃거렸다.

바닥에 쓰러져 꿈틀거리고 있는 노인.

그가 진법의 핵이라는 것은 보는 순간 알았다.

엄청난 기운의 덩어리가 노인의 몸을 중심으로 응집되어 있었기 때문이다.

감각을 극도로 날카롭게 세워 놓았던 유설빈은 노인이 보이자마자 그 기운을 감지하고 냅다 검부터 찔러 넣은 것이다.

하지만 이상하게도 이곳에 모여 있는 기운은 곧장 흩어지지 않았다.

"스, 스승님……."

"응?"

그러고 보니 아까부터 멍청하게 굳어 있는 꼬마가 눈에 들어왔다.

노인이 뿜어 낸 피를 고스란히 뒤집어쓴 채 굳어 있는 꼬마.

"뭐냐? 네 스승이냐?"

유설빈은 검날에 묻은 피를 털어 내며 피식 웃었다.

꼬마 녀석이 전신을 부들부들 떨며 엉금엉금 기어가 죽어 버린 노인의 몸을 흔들어 대고 있었다.

하지만 이미 죽어 버린 노인이 움직일 리가 만무했다.

아무리 흔들어도 노인이 깨어나지 않자 점차 꼬마의 입에서 짐승의 신음과도 같은 앓는 소리가 흘러나왔다.

"아, 으으……. 아우우……."

꼬마 놈이 입으로 무어라 말을 하려고 했지만 제대로 된 단어가 되어 흘러나오지는 않았다.

"쯧, 뭐야? 마교 놈들 주제에 인간미가 느껴지는 모습을 하고. 기분 더럽게 만드네."

같잖은 놈들이었다.

유설빈은 소기의 목적을 달성하자 일단 감각을 날카롭게 세워서 주변을 훑어보았다.

'어디 있느냐?'

주상산.

그 찢어 죽여도 시원치 않을 늙은 마귀의 기척이 잡히지 않았다.

그와 자신은 동급의 고수.

상대방이 기척을 숨기고자 작정한다면 일정 범위 안에 들어오기 전까지는 알아낼 방도가 없었다.

유설빈의 눈살이 서서히 찌푸려졌다.

'도망친 건가?'

아마도 그런 것 같았다.

놈이 도망쳤다고 생각하니 분노가 가슴 가득히 꿈틀거렸다.

뿌드득—

피를 털었던 검을 막 검집에 넣으려던 유설빈은 초류향을 보고 다시 높이 검을 들어 올렸다.

"어찌 되었든 네놈도 마교와 관련이 있는 모양이니 살려 둘 수가 없다."

이렇게 덜 자란 꼬맹이를 죽이는 건 조금 찝찝했지만 하는 수 없었다.

이런 일에 후환을 남겨 둬서는 안 되는 것이니까.

피윳—

검이 내려쳐지고 하나의 선이 초류향을 세로로 쪼개 왔다.

하지만…….

"이노옴!"

쾅—!

유설빈은 눈썹을 꿈틀거렸다.

작은 그림자 하나가 불쑥 나타나 그의 검을 가로막은 것이다.

"뭐야? 도망친 것 아니었냐?"

유설빈은 갑작스럽게 등장한 주상산을 바라보며 활짝 웃었다.

기뻤다.

놓쳤다고 생각한 놈이었다.

때문에 월인도법을 회수하는 것도 포기하고 있었는데 이게 웬 횡재인가?

"네놈…… 지금 누구에게 검을 휘두른 것인지 알기나 하느냐?"

주상산은 분노로 부들부들 떨며 유설빈을 쏘아보았다.

하마터면 소중한 후계자를 허무하게 잃을 뻔하지 않았는가?

주상산이 뿜어내는 사나운 기세에 유설빈은 눈을 반짝였다.

"호오? 뭐야? 이 꼬맹이가 그렇게 중요한 놈이었냐?"

"……."

주상산은 대답하지 않고 양손을 가운데로 모으며 자세를 잡았다.

어차피 도망치는 것은 오래전에 포기했다.

소공자께서 이곳에 계시는데 혼자서 도망칠 수는 없었으니까.

이제는 목숨을 걸어야 했다.

다만 한 가지 아쉬운 것은 그가 목숨을 버려도 소공자를 끝까지 무사히 지켜 낼 수 없을지도 모른다는 점이었다.

'그래도 이 늙은이보다 먼저 가시게 하지는 않겠소.'

두 눈에 흙이 들어와도 그 모습은 못 본다.

주상산이 그렇게 죽기를 각오했을 때.

드드드득—!

진법이 크게 흔들거리기 시작했다.

뒤에서 주변을 심각하게 살펴보고 있던 풍호자의 얼굴이 점점 딱딱하게 굳어졌다.

"뒤로 물러서라. 설빈아."

"예?"

"이건 심상치 않구나."
"그게 무슨 말씀이십니까?"
"……진법이다."
"예? 또요?"
이게 무슨 소리인가?
진법은 핵이 파괴되면 끝이 아니던가?
방금 전 분명히 핵을 파괴했는데 아직 무언가 더 남아 있었단 말인가?
지긋지긋했다.
"적이지만 정말 대단한 자다. 이런 것까지 염두에 두고 진법을 만들었을 줄이야."
풍호자에게는 어렴풋이 보였다.
저쪽에 죽어 있는 노인이 남겨놓은 최후의 작품이.
풍호자가 내심 감탄과도 같은 신음을 터트릴 때.
아래쪽 바닥이 거북이 등껍질처럼 갈라지고 붉은 용암이 뿜어져 나왔다.
화룡의 분노.
조기천이 목숨을 바쳐가며 만들어 놓은 최후의 진법이었다.
쿠르르릉—!
"허억!"
유설빈이 혼비백산하며 바닥에서 올라오는 용암을 피해 재빨리 몸을 날릴 때.
그때까지 노인의 시체를 부둥켜안고 있던 꼬맹이가 고개를 들었다.

그 순간 유설빈과 꼬마의 시선이 허공에서 딱 마주쳤다.

"너, 이 건방진 새끼……."

꼬마는 꿈에 볼까 무서울 정도로 섬뜩한 눈을 한 채 그를 노려보고 있었다.

그 얼굴에 떠올라 있는 것은 너무도 분명한 단 하나의 감정.

'원한(怨恨).'

초류향은 발동된 진법 안에서 조기천을 챙기며 유설빈을 쏘아보았다.

눈앞에서 스승님이 피를 토하며 죽어 갔다.

저놈의 검에 맞아서.

그동안 자신은 무얼 하고 있었던가?

초류향은 전신을 덜덜 떨며 최대한 눈을 부릅뜨고 유설빈의 얼굴을 뚫어져라 바라보았다.

그의 얼굴, 몸짓, 표정, 말투.

그 모든 것을 머릿속에 문신처럼 새겨 넣었다.

이제는 절대로 잊지 못할 것이다.

설령 꿈에서라도…….

"소교주님……."

주상산은 조기천이 죽은 것은 정말 어쩔 수 없었다고 생각했다.

도저히 살릴 수가 없었던 것이다.

그리고 한편으로는 조기천이 너무 고마웠다.

엄밀히 말하면 그가 초류향 대신 죽어 준 것이기 때문이다.

조기천이 시간을 벌어 준 덕분에 늦지 않게 소교주님을 구할 수 있

었다.

만약 저 유설빈이라는 놈이 조기천 대신에 소교주님을 향해 처음부터 검을 뽑아 들었다면?

그래서 만약 여기에 누워 있는 게 조기천이 아니라 초류향이었다면?

아마 주상산은 완전히 돌아 버렸을 것이다.

"……저만 따라오세요."

초류향은 유설빈에게서 시선을 거두고 진법 안에서 정관법을 발휘했다.

더 이상 슬퍼하고, 분노하고만 있을 여유가 없었다.

그것은 스승님의 뜻을 거스르는 행동이 될 테니까.

하지만 걸음을 옮기는 지금 이 순간에도 스승님이 돌아가셨다는 게 잘 믿기지가 않았다.

미쳐 버릴 것만 같았다.

귓속에서 심장 고동 소리가 쉼 없이 쿵쾅거리며 들려왔다.

진법 안을 움직이며 초류향은 다른 생각을 하기 위해 필사적으로 애썼다.

하지만 그 어떤 것도 소용없었다.

스승님의 피를 뒤집어쓰고, 그 시체를 눈앞에 둔 채로 제정신일 수 있는 사람은 이 세상에 없을 것이다.

하나 초류향은 가까스로 이성을 놓지 않을 수 있었다.

'이 진법은 오래가지 못해.'

초류향은 이를 악물었다.

그랬다.

진법이 완전히 힘을 소진하기 전까지 최대한 멀리 벗어나야 했다.

한 가지 괴로운 현실은 스승님의 시신조차도 제대로 수습할 수가 없다는 점이었다.

시간이 정말 없는 것이다.

여기서 지체하다가 만에 하나 저놈들의 손에 죽게 된다면 그것은 스승님의 죽음을 정말 개죽음으로 만들어 버리는 게 된다.

그것만은 어떻게든 피해야 했다.

'반드시…… 반드시 돌아오겠습니다.'

초류향은 스승님이 어떠한 의도로 이러한 진법을 만들었는지 잘 알고 있었다.

스승님은 어떻게든 살리고 싶었던 것이다.

이 멍청하고 우둔한 제자를…….

자신의 목숨을 버려 가면서까지 살리고 싶었던 것이다.

거기에까지 생각이 미치자 다시금 온몸이 주체할 수 없을 만큼 떨려왔다.

동시에 눈앞이 흐려졌다.

소매로 연신 눈가를 훔치며 초류향은 작게 흐느꼈다.

땅을 치며 목 놓아 울고 싶어도 그럴 여유가 없었던 것이다.

'아직 묻고 싶은 게 많았는데…….'

아팠다.

그런데 어디가 어떻게 아픈지 정확하게 모르겠다.

초류향.

그의 첫 번째 스승을 잃은 오늘.

그는 평생 잊을 수 없는 슬픔과 원한이라는 것이 무엇인지 알게 되었다.

第五章

복수를 다짐하다

제1차 정마대전.

그 결과는 정도맹에 있어서 정말 악몽과도 같은 것들뿐이었다.

정도맹의 정신적 지주이자 삼황 중 한 명이었던 검황 백무량.

그는 같은 삼황인 마황 공손천기에게 패했다.

더불어 그는 정마대전의 패배에 대한 모든 책임을 지고 맹주 자리에서 사퇴했다.

덕분에 이번 정마대전으로 인해 정도맹이 잃은 것은 정말 어마어마했다.

많은 고수가 죽었고, 중심축을 잃어버렸다.

명예도 땅에 떨어졌다.

반면에 천마신교는 이번 싸움으로 인해 얻은 것이 참으로 많았다.

*　　*　　*

사자검군 유설빈.

그는 어두운 얼굴로 그의 사형이자 전 정도맹주.

백무량을 응시했다.

"……월인도법을 결국 회수하지 못했습니다. 벌을 받겠습니다. 사형."

백무량.

그는 초췌해진 안색으로 그의 사제를 바라보며 한숨을 내쉬었다.

"이번 일은 사제 잘못이 아닐세. 다 내가 부족한 탓이니 사제는 너무 심려하지 마시게."

유설빈은 고개를 가로저었다.

"아닙니다, 사형. 어리석은 제가 일을 너무 서두른 탓에…… 사숙님들이 돌아가셨습니다. 모두 제 책임입니다, 사형."

말을 하며 유설빈은 울먹거렸다.

그에게 있어서 사숙들은 친할아버지들이나 마찬가지였기 때문이다.

그런 사람들이 눈앞에서 죽어 나갔다.

그 악랄하고 잔혹한 혈음마군 주상산의 손에…….

자신은 그것을 뻔히 보면서도 어떻게 할 수가 없었다.

이번 일로 말미암아 자신이 얼마나 우물 안 개구리였는지 절실히 깨닫게 된 유설빈이었다.

절대적인 경험 부족.

그 사실을 뼈저리게 느꼈던 것이다.

"풍설자 사숙과 풍진자 사숙의 죽음은 정말 안타깝게 되었네. 하지만 전혀 의미 없는 죽음은 아니었어."

백무량은 유설빈의 등을 툭툭 쳐 주며 말했다.

"사제가 이렇게 살아남지 않았는가? 그것으로 되었네."

"아닙니다, 사형. 저는 이번 일에 대한 합당한 벌을 받아야 합니다. 안 그러면 살 수가 없습니다."

유설빈은 죄를 청하며 백무량 앞에 무릎을 꿇었다.

그리고 납작 엎드리며 말했다.

"어떠한 처분이든 내려 주십시오. 사형."

"허……."

백무량은 사제를 내려다보며 안타까운 한숨을 내쉬었다.

평소에 누구보다도 능글맞고 유들유들한 유설빈이다.

하지만 맡은 일에 대해서만큼은 그 누구에게도 양보가 없을 만큼 철저했고, 그만큼 책임감이 강했다.

'힘들구만.'

백무량은 어깨를 주물럭거리며 속으로 툴툴 웃었다.

사실 지금 백무량의 마음은 몹시 심란했다.

천마신교 교주의 무지막지한 무공을 직접 견식했고, 또 그에게 압도당하던 자신을 보았을 때 나락으로 떨어지는 듯한 절망을 맛보았다.

이것은 태어나 처음 겪어 보는 좌절감이었다.

'단 한 방이었던가?'

교주는 전력을 다한 것 같아 보이지도 않았다.

슬며시 뻗은 주먹.

그런 교주의 가벼운 일격조차 감당하지 못했다.

씁쓸한 일이다.

하늘같이 높았던 고고한 자존심은 그때 완전히 무너졌고, 그 장소에서 죽지 못해 살아남은 것이 한스러울 정도였다.

백무량의 패배와 더불어 정도맹은 교주 공손천기에게 막대한 피해를 입어야만 했다.

말 그대로 일방적인 학살.

교주.

그 한 명으로 인해서 전세가 절대적으로 불리해졌던 것이다.

중간에 소림의 불제.

신승 공야 대사가 직접 나서서 정도맹의 고수들을 뒤로 물리지 않았으면 더 큰 사달이 일어날 뻔했었다.

'교주 앞을 막은 덕분에 공야 대사는 팔 하나를 잃어야 했던가…….'

교주의 일격을 감당한 대가는 너무도 혹독했다.

화경의 고수들 중에서도 늘 다섯 손가락 안에 꼽히는 공야 대사였다.

그런 그조차 일격을 감당하지 못하고 팔 하나를 잃었던 것이다.

실로 압도적인 강함이었다.

'교주는 이미 신입(神入)의 경지가 아닌가?'

화경의 저 너머.

초인들조차도 감히 넘볼 수 없는 절대적인 벽.

그것을 넘어서야만 비로소 볼 수 있다는 신의 경지가 바로 신입이다.

교주는 어쩌면 그곳에 도달한 것일지도 모른다고 백무량은 생각했다.

"처분을 내려 주십시오, 사형."

유설빈의 음성에 백무량은 퍼뜩 상념에서 깨어났다.

그리고 속으로 다시금 깊은 한숨을 내쉬었다.

이번에 있었던 모든 일에 대한 책임을 지고 정도맹주직을 사퇴한 것은 백무량에게 있어서 극히 당연한 일이었다.

그런 어마어마했던 사건이 일어난 지도 얼마 되지 않았는데, 모든 일을 정리하고 무당파로 돌아가려는 이 시점에서 유설빈이 굳이 이럴 필요가 있을까?

이렇게 다짜고짜 찾아와서 벌을 내려 달라고 보채는 유설빈을 보니 백무량은 마음이 답답했다.

지금 정작 위로와 휴식이 필요한 사람은 백무량이거늘 주변에서는 그를 그냥 내버려 두지 않았다.

'정말 힘들군.'

백무량은 지친 얼굴로 하늘을 바라보았다.

지금은 아무것도 하기 싫었다.

그저 쉬고 싶었다.

*　　*　　*

천마신교 감숙 분타.

그곳 취의청에는 지금 관(棺)이 하나 놓여 있었다.

관 안에는 조기천이 누워 있었고, 그 앞에는 공손천기와 초류향이 서 있었다.

"이야기는 들었다."

탁한 목소리.

공손천기는 한참을 생각하다 어두운 얼굴을 하고 있는 그의 제자에게 시선을 돌리며 말했다.

"힘들었겠구나."

초류향은 아무런 대답도 하지 못했다.

그저 회색으로 탁하게 물든 눈을 한 채 계속 조기천 스승님을 바라볼 뿐이었다.

얼마나 울었는지 눈은 이미 퉁퉁 부어 있었고, 얼굴에는 생기가 없었다.

그런 초류향을 바라보던 공손천기는 소매에서 호리병 하나를 꺼내며 입을 열었다.

"이 친구, 술은 좋아했느냐?"

"……잘 모르겠습니다."

메마른 논처럼 쩍쩍 갈라지는 음성이 초류향의 입에서 흘러나왔다.

그래도 겨우 입을 연 것이다.

"그러냐?"

공손천기는 관 모서리에 편하게 걸터앉으며 입을 열었다.

"내가 보기엔 이 친구의 재미없는 성격상 술도 안 먹었을 것 같은데

너는 어떻게 생각하느냐?"

초류향은 잠시 생각하다가 힘없이 고개를 끄덕였다.

"그랬을 것 같습니다."

함께 있는 동안 스승님이 술을 먹는 모습을 단 한 차례도 보지 못했다.

그런 것을 보면 술은 평소에도 그다지 좋아하지 않았던 것 같다.

"그럼 이건 이 친구 대신에 내가 마셔야겠구나. 일부러 좋은 놈을 가져왔는데 아깝게 되었다."

공손천기는 그렇게 말하며 호리병을 입가로 기울여 홀짝거리다 불쑥 물었다.

"근데 너는 이 친구의 가족에 대해 혹시 아는 게 있느냐?"

"……."

초류향은 순간 멈칫하며 대답하지 못했다.

몰랐기 때문이다.

'나는 스승님에 대해 아는 게 없었구나.'

그랬다.

생각해 보면 조기천 스승님에 대해 아는 게 없었다.

단지 스승님과 함께 산법 공부와 진법에 관한 이야기를 나누며 서로에 대해 다 아는 척, 모든 것을 다 이해하는 척, 그렇게 지내 왔던 것이다.

하나 막상 뚜껑을 열어 보니 제대로 알고 있는 것이 하나도 없었다.

술을 좋아했는지, 가족들은 어떻게 되는지 등등.

가장 기본적인 것조차도 알지 못하고 있었던 것이다.

처참한 기분이었다.

초류향의 표정이 더욱 어두워지는 것을 바라보던 공손천기는 다시금 입을 열어 말했다.

"유족들에게 시신을 양도할 생각이다만, 너는 어찌 생각하느냐?"

"……그리하는 것이 옳은 것 같습니다."

초류향은 자신에게 자격이 없다고 생각했다.

스승님에 대해 아는 것이 하나도 없다는 것을 자각하자마자 이 자리에 서 있을 수 없을 만큼 부끄러워졌기 때문이다.

면목이 없었다.

그런 초류향을 물끄러미 바라보던 공손천기가 입을 열었다.

"다 그런 것이다. 나 역시 그랬으니까."

"……."

"서로에 대해 잘 알고 있다고 생각하지만 막상 돌이켜 보면 서로 아는 것이 하나도 없는 게 인간관계지. 이 친구가 너에게 마지막까지 좋은 가르침을 주고 떠난 셈이구나."

"……."

다시금 가슴이 먹먹해져 왔다.

스승님이 돌아가시기 직전에 작게 속삭이듯이 하신 말씀이 머릿속에 떠올랐기 때문이다.

"반……드시 살아……남거라."

생명이 꺼져 가는 와중에도 끝까지 그를 걱정했던 스승님이셨다.

초류향이 그 생각에 고개를 떨구고 들지 못할 때 공손천기가 입을 열었다.

"그런데 네가 이 친구에 대해서 아는 게 정말 하나도 없느냐? 잘 생각해 보거라."

공손천기의 말에 초류향은 다시 한 번 생각해 보았다.

맞다.

정말로 아는 게 하나도 없는 것은 아니었다.

스승님이 무얼 좋아하고, 어떤 성격인지 그 누구보다도 잘 안다고 자부할 수 있었다.

게다가 세상에서 유일하게 산법으로 대화가 가능했던 분이 아니었던가?

남들이 모르는 스승님에 관한 것.

그것을 제자인 자신은 잘 알고 있었다.

"그러니 너무 자책하지 마라. 게다가 이건 네 탓이 아니지 않느냐?"

공손천기는 당장이라도 울음을 터트릴 것 같은 얼굴을 한 초류향의 머리에 손을 올려 헝클어 대며 웃었다.

"근데 참으로 건방진 놈이다, 너는. 혼자 이 모든 걸 감당하려 하다니 이 얼마나 오만한 놈이냐?"

초류향은 안경을 매만지며 난감한 표정을 떠올렸다.

어떻게 반응해야 할지 몰랐기 때문이다.

"제자야."

"예. 스승님."

"아직 너는 어리다. 그렇지?"

"예……."

그랬다.

너무 어리고 무력했다.

스승님이 돌아가시는 그 순간에 어떻게 손을 써 볼 수조차 없었다.

"조금 더 주변에 있는 좋은 어른들에게 기대어도 좋다. 네 주변에는 나 같은 좋은 어른이 있지 않으냐?"

대단히 뻔뻔한 말.

하지만 그 말 속에는 제자를 걱정하는 마음이 스며들어 있었다.

초류향이 그것을 느끼고 억지로라도 웃는 얼굴을 보이려 하자 공손천기가 히죽 웃으며 말했다.

"네 녀석 지금 굉장히 재미있는 얼굴을 하고 있구나. 너에게 직접 보여 주고 싶을 정도다. 거울을 가져오랴?"

"……사양하겠습니다."

스승의 농담에 초류향이 그래도 아까보다는 편안한 얼굴을 해 보일 때 공손천기가 말했다.

"여기 누워 있는 이 친구는 말이다, 분명히 만족했을 거다. 어찌 되었건 너를 살릴 수 있었으니까. 그것이면 되었겠지."

"……."

"하지만 살아남은 너는 그것만으로는 만족하지 못할 거다. 그렇지 않느냐?"

초류향은 고개를 끄덕였다.

그리고 슬픔에 젖어 있던 조금 전과는 다른, 분노가 이글거리는 눈빛을 내비쳤다.

그는 단지 살아남은 것으로 만족할 수 없었다.

스승님의 피를 뒤집어쓰고 살아남았다.

그것으로 끝이 날 것이라 생각하면 오산이다.

"……저는 반드시 스승님의 혈채(血債:피의 빚)를 받아 내야 합니다."

복수.

무당파.

그곳의 유설빈이라는 자에게서 스승님의 죽음에 대한 빚을 반드시 받아 내야만 했다.

그게 살아남은 초류향이 선택할 수 있는 유일한 길이었다.

그런 목표라도 없으면 아마 지금의 초류향은 미쳐 버렸을지도 모른다.

초류향의 눈빛을 가만히 살펴보던 공손천기가 뒷머리를 긁적이며 말했다.

"나는 말이다, 부처를 믿는 땡중은 아니지만 복수라는 단어는 별로 좋아하지 않는다. 왠지 피 냄새가 나는 거 같거든."

"……."

이번 정마대전 때 공손천기가 죽인 사람들의 숫자가 거의 천 명에 육박한다고 들었다.

그런 대량 학살을 해 놓고 태연한 얼굴로 저렇게 말을 하니 초류향은 스승의 뻔뻔함에 그저 멍청한 표정을 보일 뿐이었다.

"하지만…… 내가 살고 있는 이 강호에는 은원(恩怨:은혜와 원한)이라는 말도 안 되는 괴물이 살고 있지. 그놈은 말이다, 덩치가 너무 커서 이렇게 대단한 나조차도 도저히 어쩌지 못할 만큼 힘이 세지."

공손천기는 말을 잠시 끊고 초류향을 응시하며 입을 열었다.

"나는 네가 그 탐욕스러운 괴물에게 잡아먹히지 않기를 바란다."

"……."

초류향은 선뜻 그러겠다, 라고 대답하지 못했다.

지금은 오로지 스승님의 복수를 하고 싶다는 마음뿐이기 때문이다.

초류향은 그저 말없이 공손천기를 바라보았다.

공손천기 역시 그런 제자를 잠시 복잡한 눈빛으로 쳐다보다 말했다.

"젠장, 네 뜻이 그렇게 확고하다면 도와주마. 나도 사실 그 무당파 도사 놈들에게는 별로 좋은 감정이 없거든."

"감사합니다, 스승님."

무공을 익히는 동기가 복수나 원한이라는 것은 썩 마음에 들지 않았다.

하지만 제자의 괴로운 마음을 십분 이해하는 공손천기였다.

복수라든가 원한이라든가 하는 문제는 시간이 해결해 주리라 믿어 보며 공손천기가 입을 열었다.

"너무 감사해할 필요 없다. 이제부터 나에게 받을 수련은 차라리 죽는 게 낫다 싶을 정도로 힘들 테니까."

"각오하고 있습니다."

세상에 거저 얻을 수 있는 것은 없었다.

천마신교의 소공자가 된 것은 운이 받쳐 주어서였지만 그곳에 있는 무공까지 거저 얻을 수는 없는 법이다.

무공을 익히려면 반드시 그에 상응하는 노력을 대가로 지불해야만 할 것이다.

“죽고 사는 것이 힘들듯이 무공 역시 배우는 게 힘들어야 하는 건 당연하다. 강한 무공을 얻기 위해서는 그만큼 죽음에 가까워져야 하는 게 당연한 이치겠지. 그렇지 않느냐?”

“예.”

초류향이 비장한 목소리로 대답하자 공손천기가 약간 비스듬한 자세로 앉으며 입을 열었다.

“죽어 버린 이 친구의 복수를 하기 위해서건, 이쪽 세상에서 살아남기 위해서건 너에게는 무공이 반드시 필요할 게다. 그것도 아주 강한 무공이.”

“예.”

무공을 익히고자 하는 목적은 분명했다.

초류향이 그렇게 의지를 다지고 있을 때 공손천기는 반대로 깊은 고민에 빠졌다.

‘역시 수라환경을 가르쳐 줘야 하나…….’

무당파의 도사들은 그렇게 호락호락하지 않았다.

그들을 압도할 만한 무공은 역시 수라환경이었다.

본래라면 고민할 필요도 없이 수라환경을 전수하는 것이 맞았다.

하나 지금의 공손천기는 그것을 심각하게 망설였다.

수라환경이 최고인 것은 분명하다.

천하제일이라 불려도 전혀 손색이 없는 무공이니까.

그러나 거기에는 세상에 잘 알려지지 않은 치명적인 부작용이 있지 않은가?

'그것을 이 아이가 이겨 낼 수 있을까?'

피를 보면 반쯤 미치는 증상.

광혈증(狂血症).

그것은 오랜 시간 수련에 수련을 거듭해 오며 여러 개의 경지를 뛰어넘은 공손천기조차 아직까지 완전히 극복해 내지 못한 문제였다.

일정 이상의 힘을 발휘하면 온몸의 피가 의지와 상관없이 미쳐 돌아간다.

그렇게 점점 이성이 사라지다가 최종적으로는 피를 갈구하는 저주스러운 괴물이 되어 버리는 것이다.

그런 치명적인 폭탄을 안고 있는 무공을 가르쳐야 할까?

안 그래도 복수나 원한이라는 것에 집착하는 아이에게?

공손천기는 고민에 고민을 거듭했다.

'적당한 게 없나?'

지금 당장 수라환경을 이 아이에게 전수했다가는 오히려 역효과일 것 같았다.

그렇게 고민하다 보니 문득 떠오르는 생각에 공손천기는 밝은 얼굴로 초류향을 바라보았다.

"그러고 보니 월인도법을 아직도 네가 가지고 있다고 들었는데, 맞느냐?"

"예."

"보여 다오."

초류향은 가슴팍에 조심스럽게 묻어 두었던 월인도법을 꺼내다가 잠시 움찔했다.

책 표지에 누가 봐도 분명한 핏자국이 묻어 있었기 때문이다.

그것은 조기천 스승님의 핏자국이 아닌가?

조금 가라앉혀 놓았던 심장이 다시금 두방망이질 치기 시작했다.

입술을 지그시 깨물던 초류향의 눈가가 차츰 붉게 충혈되어갈 때 공손천기가 입을 열었다.

"제발 이게 소문만큼 대단한 가치가 있는 무공이었으면 좋겠다."

과연 이것이 수라환경만큼의 가치가 있는 무공일까?

공손천기는 내심 한 가닥 기대를 걸고 월인도법을 받아 그것을 펴보았다.

그리고 천천히 그것을 읽어 내려 가기 시작했다.

당금 천하제일 고수 공손천기.

그가 월인도법의 가치를 직접 판단하기 시작한 것이다.

그리고 그 작업에는 생각보다 더욱 긴 시간이 필요했다.

*　　*　　*

정마대전에서 정도맹에 속한 많은 고수들이 죽었지만 단 한 명의 피해도 없는 곳이 있었다.

바로 멀찍이 떨어져서 구경하고 있었던 남궁세가.

그들은 이번 정마대전에서 한 명의 희생자도 없이 물러설 수 있었다.

"너도 이곳에 와 있었더냐?"

"예."

"잘도 무모한 짓을 했구나."
"어차피 제가 이곳에 올 것을 예상하고 계셨지 않습니까?"
남궁옥빈.
그는 무릎을 꿇고 눈앞에 있는 중년 사내를 뚫어져라 쳐다보았다.
중년 사내.
그의 아버지이자 당금 남궁세가의 가주.
남궁세옥(南宮勢玉).
그는 자신의 셋째 아들을 바라보며 피식 웃었다.
"눈치가 빠르구나. 그나저나 용케 제시간에 맞춰서 와 주었다. 다행이다."
"……길을 잘 아는 친구 덕택에 쉽게 올 수 있었습니다."
남궁옥빈은 팽가호를 떠올리며 씁쓸하게 대답했다.
아무 피해가 없었던 남궁세가와는 달리 이번 일에 유달리 집착을 보였던 하북팽가는 상당한 피해를 입었다.
어두운 얼굴이었던 녀석이 조금 걱정되었다.
"길 안내자가 있었다니 운이 따라 주었구나. 그래, 네 눈으로 마교를 직접 보니 어떻더냐?"
남궁옥빈은 잠시 대답을 미루었다.
그리고 침중한 어조로 대답했다.
"……압도적이었습니다."
그랬다.
그들의 힘은 정말로 압도적이었다.
"교주가 말이냐?"

남궁옥빈은 고개를 저었다.

“굳이 교주가 전면에 나서지 않았더라도 정도맹은 그들을 이기지 못했을 겁니다.”

“정확하게 보았구나.”

남궁세옥은 눈앞에 놓인 찻잔에 차를 따랐다.

그에게는 세 명의 아들과 두 명의 딸이 있었다.

하늘에서 복을 내려주신 것인지 다섯 아이 모두가 재능이 뛰어났다.

그런 아이들 중에서도 유독 두각을 나타내는 아이.

그것이 바로 막내아들 남궁옥빈이다.

어렸을 적부터 그 빛나는 재능을 알아본 남궁세옥은 각별히 막내아들을 아꼈다.

다음 세대, 가문을 이끌고 나갈 아이라는 것을 일찍이 알아차렸기 때문이다.

“나는 이곳에 왔을 때부터 천마신교와 싸울 마음이 없었다.”

“…….”

“의외더냐?”

“……예.”

이것은 확실히 의외였다.

마교라면 치를 떠는 아버지가 아니었던가?

그런데 처음부터 싸울 생각이 없었다니?

진정 의아한 일이었다.

“맨 처음 맹주가 검황기를 사용해서 정도맹의 모든 힘을 집결시킬 때부터 나는 이번 일이 마음에 들지 않았다. 천마신교는 절대 이렇게 급하게 상대해서는 안 되는 괴물이거든."

남궁옥빈은 아무 말도 없이 아버지의 말을 경청하고 있었다.

이유가 단지 저것뿐일 리가 없었기 때문이다.

그 예상은 정확하게 들어맞았다.

"수상했다. 맹주가 노리고 있던 게 정말로 천마신교였을까? 그 진심이 의심스러웠다. 그래서 뒷조사를 해 보았지."

남궁옥빈은 마른침을 삼켰다.

불안한 마음이 들었다.

"무언가가…… 나왔습니까?"

"그래. 아주 더러운 게 나왔다."

남궁세옥은 검황 백무량.

그가 무당파의 고수들을 정마대전 직전 따로 빼돌렸다는 사실을 말해 주었다.

그들은 아주 은밀하게 움직였지만 촉각을 곤두세우고 있던 남궁세가의 눈을 피해 가진 못했다.

"백무량은 처음부터 이 싸움으로 월인도법을 가져갈 생각만 하고 있었던 모양이다. 정마대전은 그것을 가리기 위한 허울 좋은 연막이었을 뿐이지."

"……."

남궁옥빈의 얼굴이 어두워졌다.

정마대전으로 인해 수많은 사람이 죽어 갔다.

한데 그것이 단순히 한 사람의 욕심 때문이라니?

이것은 너무도 슬프지 않은가?

"하지만 제 꾀에 제가 넘어간 셈이다. 설마 교주가 와 있었을 줄이야. 검황도 미처 예상하지 못했겠지."

남궁세옥.

그는 맹주가 이번 계획을 교주조차도 염두에 두고 짠 것이라는 사실은 아직 모르고 있었다.

막내아들의 얼굴을 바라보던 남궁세옥은 곧 흥미진진한 표정으로 물어보았다.

"그들의 싸움을 보았느냐?"

"예."

"어떻더냐? 감상을 말해 보거라."

"……솔직하게 말씀드려도 되겠습니까?"

"물론이지."

남궁옥빈은 대답하기 전 잠시 씁쓸하게 웃어 보였다.

그의 아버지는 그에게 많은 기대를 하고 있었다.

그리고 남궁옥빈은 어릴 때부터 단 한 번도 그 기대를 배신해 본 적이 없다.

하지만 이번 문제는 아니었다.

"그들과 동세대에 태어나지 않아 기쁘다고 생각했습니다."

아들의 말에 남궁세옥은 잠시 멈칫했다.

그리고 묘한 눈으로 그의 아들을 바라보며 입을 열었다.

"진정이냐?"

"예. 진심입니다."

"솔직해졌구나."

남궁옥빈은 아버지의 말에 볼을 긁적이며 말했다.

"이곳까지 오는 동안 고생을 좀 해서요. 죄송합니다."

"아니다. 참으로 좋은 변화다."

남궁세옥은 흐뭇한 얼굴을 해 보였다.

아들은 확실히 성장했다.

일부러 고생을 시키며 이곳까지 찾아오게 한 보람이 있었던 것이다.

사실 남궁옥빈과 팽가호는 전혀 모르고 있었겠지만 그들을 뒤에서 지켜봐 주었던 그림자가 있었다.

혹여나 불상사가 생길 것을 대비하여 남궁세옥이 특별히 사람을 붙여 놓았던 것이다.

'그런데 하북팽가에서는 전혀 그런 것이 없었지.'

남궁세가에서는 그 점이 의아했다.

하북팽가 쪽 사람도 분명히 그림자처럼 숨어서 지켜보고 있을 것이라 여겼었는데 전혀 그런 기미가 없었기 때문이다.

"내놓은 자식인가……."

"예?"

"아, 아무것도 아니다."

자신도 모르게 생각이 입 밖으로 흘러나가 버렸다.

남궁세옥은 잠시 당황스러워하는 표정을 지었다가 화제를 돌리기 위해 입을 열었다.

"팽가호와는 어떤 관계더냐?"

남궁옥빈은 팽가호를 떠올리다가 진지한 얼굴로 입을 열었다.

"친구가 되었습니다."

"친구라……."
명문 세가의 자제들.
그들에게는 그들에게만 허락된 교제의 범위가 있었다.
다행히도 팽가호는 남궁세가에서 보기엔 허락된 교제 범위 안의 사람이었다.
"그러고 보니 하북팽가는 이번 일로 상당한 피해를 입었을 게다. 찾아가 보았느냐?"
남궁옥빈은 고개를 저었다.
"아직…… 가 보지 못했습니다."
"지금 당장 가 보거라. 친구라면 응당 괴로움도 함께해야 하는 법이지. 기쁠 때만 친구면 그게 진짜 친구겠느냐?"
"알겠습니다."
남궁옥빈은 고개를 끄덕이며 자리에서 일어섰다.
팽가호를 만나러 가기 위해서였다.

* * *

"왔냐?"
"……."
남궁옥빈은 자신을 맞이해 주는 팽가호를 보고 순간 움찔했다.
시퍼렇게 변한 눈두덩.
맞아서 터진 것이 분명한 입술.
"뭐 해? 들어와."

팽가호의 부름에 정신을 차린 남궁옥빈은 그를 따라 방 안으로 들어섰다.

"얼굴이 괴상해졌지?"

"……하마터면 못 알아볼 뻔했다."

남궁옥빈이 순순히 긍정하자 팽가호가 피식 웃으며 말했다.

"이 형님도 거울을 볼 때마다 깜짝깜짝 놀라는 중이시다. 내 잘생긴 얼굴이 이렇게 찐빵처럼 부풀어 오르다니 믿을 수가 없어서."

팽가호의 대답에 입가에 웃음기를 머금은 채로 남궁옥빈이 물었다.

"그런데 어쩌다가……."

"아아, 아버지한테 두들겨 맞은 거지, 뭐. 별거 있겠냐."

평소부터 하북팽가의 주인 성격이 괄괄하다고 듣긴 했었지만 설마 이 정도일 줄이야.

남궁옥빈이 동정의 눈빛을 보낼 때 팽가호가 웃으며 말했다.

"왜? 이 형님이 불쌍해 보이냐?"

"조금은 불쌍하군. 많이 아파 보여."

팽가호는 히죽 웃으며 고개를 저었다.

"이 형님은 행운아다. 그리고 이건 영광의 상처들이지."

"……?"

뜬금없는 말.

남궁옥빈의 얼굴에 의아해하는 기색이 떠오르자 팽가호가 차를 입가로 가져가며 말했다.

"아버지가 그 지옥 속에서 멀쩡히 살아남으셔서 나를 이렇게 신나게 두들겨 팰 수 있었잖냐. 건강하시다는 증거지. 다른 숙부님들이나 사촌 형제들은 두들겨 맞고 싶어도 그러지 못해. 대부분 돌아가셔서 저쪽에서 향냄새 맡고 계시거든."

"……그렇겠군."

의외로 팽가호는 대단히 긍정적인 녀석이었다.

남궁옥빈은 그렇게 생각하며 하북팽가가 입었던 피해를 떠올려 보았다.

하북팽가.

대략 삼백여 명 정도가 이곳에 월인도법을 회수하러 왔고, 어림짐작으로 백 명에 가까운 식솔들이 교주와 마교 고수들의 손에 죽어 나갔다.

너무 엄청난 피해를 입었기에 그들은 시체를 수습해서 이곳 정도맹 감숙 분타에 모여 합동으로 장례를 치렀다.

사실 시체를 수습하는 것도 몹시 어려웠다.

대부분 멀쩡하게 죽은 시체가 아니라 팔다리가 떨어져 나가거나 짓뭉개진 시신들이었기 때문이다.

"살아 있다는 건 좋은 거야. 팔이 하나 없든 다리가 잘려나가든, 살아만 있으면 어떻게든 되잖아? 그 악마 같은 교주의 손아귀에서 살아남은 것만 해도 충분히 자랑거리지. 난 그래서 지금 하나도 아프지 않아."

팽가호가 잔뜩 얻어맞아서 퉁퉁 부은 얼굴로 실실 웃자 남궁옥빈은 고개를 끄덕였다.

천마신교.

마교라 불리는 그들은 진정 무시무시했다.

특히 그들의 주인.

암흑마황 공손천기는 정말 악마라고 해도 과언이 아니었다.

손짓 한 번에 하늘에서 방울방울 떨어져 내리던 엄청난 숫자의 강기 덩어리들.

그것을 대체 무슨 무공이라 불러야 좋을까?

교주가 허공에서 손을 한 번씩 휘저을 때마다 수많은 사상자가 나왔다.

게다가…….

'웃고 있었지. 아마.'

그랬다.

교주는 웃고 있었다.

진정으로 즐거운 듯이 웃으며 수많은 사람을 죽였던 것이다.

일방적인 도살(屠殺).

그때 교주의 모습은 절망을 넘어서는 순수한 공포, 바로 그 자체였다.

당시의 모습을 떠올리며 남궁옥빈이 작게 몸서리를 치고 있을 때 팽가호가 말했다.

"그때 신승 공야 대사가 나서지 않았으면 아마 전멸했을 거야, 우리들."

"그렇겠지."

신승 공야 대사.

그가 사자후(獅子吼)를 써서 공포에 질려 있던 모두를 일깨워 주고 잠깐이나마 교주의 시선을 돌린 덕분에 많은 이들이 살아남을 수 있었다.

생명의 은인인 것이다.

남궁옥빈과 같은 것을 생각하고 있던 팽가호가 차를 다 마신 후 한숨을 내쉬며 말했다.

"교주 말이야……. 복수라든가 원한이라든가, 그런 것들을 아예 떠올릴 수조차 없게 만들더라."

암흑마황 공손천기.

그가 보여 준 것은 압도적인 공포였다.

평소에 뻔뻔하고 자신만만하던 팽가호마저도 주눅 들게 만들 정도의 절대적인 힘.

"사실 지금 너무 분해."

복수조차 생각하지 못하는 것.

스스로의 한계를 절감했기 때문에 팽가호는 한숨을 내쉰 것이다.

그리고 둘은 잠시 침묵했다.

각자 생각할 것이 있었던 것이다.

그때 팽가호가 잠시 머뭇거리다 입을 열었다.

"그때 이 형님을 말려 줘서 고맙다. 네 덕분에 살았다."

남궁옥빈은 씁쓸하게 웃었다.

팽가호와 남궁옥빈은 전장의 제일 구석진 곳에 숨어서 상황을 지켜보고 있었다.

너무 가까이 가면 집안사람들에게 들킬 것 같았기 때문에 어쩔 수가 없었던 것이다.

그때 용이 승천한 직후 하북팽가가 제일 먼저 움직였다.

덕분에 그들이 가장 먼저 마교의 고수들과 충돌하게 되었다.

피가 튀고 순식간에 아수라장이 되었을 때.

팽가호는 금방이라도 불똥이 튀어나갈 것 같은 눈을 한 채 참지 못하고 뛰쳐나가려고 했다.

그것을 저지한 게 남궁옥빈이다.

기습적으로 팽가호의 혈도를 짚어서 움직이지 못하게 만들어 놓은 것이다.

그리고 그것은 이제 와 생각해 보면 정말로 현명한 판단이었다.

아직 그들의 실력으로는 그 아귀다툼 속에서 살아남는 것도 힘들었을 것이고, 이어지는 교주의 무차별적인 공격을 피하는 것도 어려웠을 것이다.

결국 개죽음 당할 뻔했던 것을 말려 준 것이다.

남궁옥빈은 팽가호를 보며 힘없이 웃어 보였다.

"일단 아까 네가 말했던 대로 어떻게든 살아남았으면 된 거겠지."

"글쎄, 정말 살아남은 거로 된 거냐?"

"……."

스산한 목소리.

남궁옥빈은 팽가호의 질문에 입을 다물었다.

살아남은 것으로 되었냐고?

그럴 리가 있겠는가?

살아남은 것으로만 만족한다면 이미 그 시점에서 죽어 버린 사람들은 그야말로 개죽음이 되는 것이다.

팽가호는 불어 터진 입술 끝을 천천히 말아 올리며 입을 열었다.

"이 형님은 이번 일이 마무리되는 대로 본가로 돌아가서 무공을 익힐 생각이다. 너는 어쩔 거냐?"

"나 역시 마찬가지야."

강해져야 했다.

이번에 겪은 일은 남궁옥빈과 팽가호의 마음에 불을 지르기에 충분했다.

"이 형님은 되든 안 되든 무공을 연마해서 그 악마에게 복수를 해볼 참이다."

"……."

남궁옥빈은 입술을 달싹이며 무언가를 말하려다가 곧 그만두었다.

팽가호가 이제부터 가려는 길이 말도 못 하게 힘들다는 것은 잘 알았다.

하지만 어쩔 수 없다.

힘들다고 가지 않을 수 없음을 알았기 때문이다.

그게 바로 명문 세가의 고고한 자존심.

평생 등에 지고 살아가야 하는 후계자들의 업보였다.

그때 남궁옥빈이 살짝 기운 빠진 얼굴로 고개를 돌리며 작게 중얼거렸다.

"……사실 네가 힘을 키워서 복수하는 것보다 교주가 늙어 죽는 걸 기다리는 게 더 빠르고 현명할 것 같아 보이긴 하는데……."

"……."

남궁옥빈의 중얼거림을 들은 팽가호의 얼굴에 뜨끔한 기색이 어렸다.

‘이 귀신 같은 새끼.’

속으로 욕을 하며 재빨리 표정 관리를 하는 팽가호였다.

사실 조금은 그런 생각을 했다.

그 정도로 교주가 보여 준 무공은 격이 달랐던 것이다.

팽가호는 그때의 교주를 떠올리며 우울한 얼굴을 해 보였다.

복수가 너무나도 멀리 느껴졌기 때문이다.

第六章

전설의 월인도법

천마신교는 정마대전 직후 중원에서 철수 준비를 하기 시작했다.

그들은 당초의 목적이었던 월인도법의 회수에 성공했고, 정도맹의 공격을 압도적인 힘으로 격퇴했으며 진정한 천하제일이 누구인지 세상에 확실하게 보여 주었다.

그러니 더 이상 이곳에 볼일이 없었던 것이다.

공손천기는 자신의 친위대를 제외한 모든 병력을 십만대산으로 신속하게 철수시켰다.

그리고 십만대산에서 그를 찾아온 노인을 보며 오랜만에 입가에 가느다란 미소를 지었다.

"약쟁이 할아범이 이 먼 곳까지 무슨 일이야?"

"그야 교주님이 걱정돼서 찾아왔지요."

선우조덕.

전형적인 선풍도골(仙風道骨 : 선인의 풍채와 도사의 골격)인 용모의 노인이었다.

그는 교주를 만나자마자 그의 몸 이곳저곳을 살펴보더니 크게 안도의 한숨부터 내쉬었다.

"이 상태로 용케 참으셨습니다. 훌륭하십니다."

"내가 원래부터 인내심이 대단하잖아. 사부한테 죽어라 맞았을 때도 버텼는데, 뭐."

"어련하시겠습니까? 팔부터 일단 줘 보세요."

공손천기는 순순히 오른손을 내밀었다.

약제당주 마의(魔醫) 선우조덕.

그는 팔대 호법들 중에서 유일하게 공손천기와 뜻이 같은 온건파였다.

다른 이들은 이제나 저제나 중원에 쳐들어가자고 난리 법석인 데 반해 선우조덕은 공손천기처럼 다툼을 싫어하고 조용하게 살아가는 것을 선택하는 쪽이었다.

게다가 그는 남들에게 말하지 못하는 공손천기의 치명적인 비밀을 알고 있는 사람이었다.

"정말 다행입니다. 아직 기주대법(記呪大法 : 주문을 기록해 놓은 물건. 일종의 봉인술)이 완전히 풀리지는 않았어요. 부서지기 직전이긴 하지만."

"억지로 뺐다가 다시 끼워 넣어서 그런가 봐."

공손천기의 팔목을 감싸고 있는 검은색 팔찌.

그것은 공손천기의 넘치는 힘을 억제하기 위해 만들어 놓은 봉인 장치였다.

백무량을 박살 내기 위해 그것을 막무가내로 개방했었기 때문에 사실 지금 당장 부서져도 전혀 이상하지 않은 상태였다.

"대법이 풀린 걸 억지로 다시 끼워 넣으니 이 모양이죠. 다행히 예비용으로 하나 더 만들어 놨으니 망정이지 큰일 날 뻔했습니다."

"그래도 이거 채우는 요령을 어설프게나마 배워 놔서 다행이었지."

"다시 한 번 보여 드릴 테니 이번에는 완전히 기억하세요."

"그러지."

선우조덕은 소매에서 똑같은 모양의 묵색 팔찌를 꺼내 들어 공손천기의 팔목에 다시 채웠다.

그리고 무어라 작게 중얼거리기 시작했다.

우웅—

작은 울림과 함께 근육이 쪼그라드는 듯한 통증이 느껴지자 공손천기는 얼굴을 작게 찡그렸다.

몇 번을 경험해 보아도 익숙해지지 않았다.

전신의 근육이 강제로 조여지는 이 더러운 기분은.

"또 영감의 신세를 지는구만."

"어릴 때부터 그랬으면서, 새삼스럽습니다."

"그건 그렇지."

공손천기는 피식 웃었다.

역대 천마신교의 교주들 모두가 공손천기와 비슷한 증상을 앓고 있었다.

광혈증.

이것은 수라환경의 부작용으로 그 경지가 깊어지면 깊어질수록 증상이 더 심각해진다.

당연히 역대 최강이라 알려진 공손천기는 광혈증이 유달리 심했다.

증상이 너무 심해서 기주대법을 새겨 놓은 도구를 사용하지 않고서는 억제하기 힘들 정도였으니까.

"힘이 넘치시는 건 좋은데. 억누르지 않으시면 폭주하실 겁니다. 그럼 뒷감당이 안 돼요."

"알고 있어."

천하제일 공손천기.

그가 미쳐 날뛰면 세상에 지옥도가 펼쳐질 것이다.

이제 그를 막을 수 있는 사람은 천하에 없었으니까.

"그나저나 어디 계십니까?"

"누구?"

"후계자를 정하셨다면서요. 저에게도 보여 주셔야죠."

"하여간 늙은이들의 관심사는 그것뿐이지."

공손천기는 힘이 빠진 오른팔을 주물럭거리며 투덜댔다.

"제가 죽기 전에 후계자를 볼 수 있어서 다행입니다. 못 보고 가나 했습니다."

"어련하시겠어?"

선우조덕은 툴툴거리는 공손천기를 바라보며 흐뭇하게 웃었다.

어릴 때부터 모셔 왔던 공손천기다.

그의 타고난 천재성과 남다른 재능은 오래전부터 질리게 보아 왔다.

하지만 눈을 씻고 찾아보아도 그것을 제대로 이을 만한 후계자가 나타나지 않았다.

그냥 이대로 공손천기의 강대한 무공이 끊어지나 생각하고 있었는데 이게 웬걸?

드디어 교주가 후계자를 정한 것이다.

그 말뜻은 공손천기의 무공을 받아들일 만한 재능이 있는 아이를 찾았다는 뜻이 아닌가?

천마신교를 사랑하는 사람으로서 이것이 얼마나 기쁜 일인지 말로는 다 설명할 수가 없었다.

"그 아이를 보여 주기 전에 영감한테 물어볼 게 있어."

"하명하시지요."

"이번에 받은 내 제자에게 수라환경 말고 다른 걸 가르쳐 볼까 하는데 영감 생각은 어때?"

선우조덕은 공손천기의 질문에 눈을 몇 번 끔뻑거렸다.

그러다 교주의 물음에 숨겨져 있는 속뜻을 짐작하고 심각한 얼굴로 턱수염을 쓰다듬으며 입을 열었다.

"쉽지 않을 겁니다."

"나도 알아."

천마신교는 종교적인 색채가 강한 집단이었다.

그곳에서 교주는 신의 대리자였고, 교도들에게 항상 그것을 증명해 보일 수 있어야 했다.

압도적인 힘과 절대적인 경지의 무력.

인간이라면 단시간 내에 도저히 도달할 수 없을 만한 강함을 보여 줘야만 하는 것이다.

그것이 신의 대리자이자 선택받은 인간이 짊어져야 할 의무였다.

"부작용을 해결하지 않고서는 전해 주기가 싫어. 그런 건 내 대에서 끝내야지."

"뒷방 늙은이들은 납득하지 않을 겁니다."

천마신교의 오랜 전통과 관례.

그것은 지극히 중요했다.

후계자가 익힐 무공이 수라환경이 아니라면 일단 무조건 거부감부터 생기는 것이다.

"괜찮아. 영감들이 만족할 만한 성과를 보이면 되니까."

선우조덕은 잠시 생각에 잠겼다.

수라환경 외에 천마신교에 그만큼의 강력함을 보여 줄 수 있는 무공이 있었던가?

없었다.

수라환경에는 그 부작용을 사소하다고 취급할 수 있을 만큼 절대적인 힘이 있었기에 역대 교주들이 그것을 망설이지 않고 배워 온 것이다.

거기까지 생각하던 선우조덕은 문득 어떤 가능성을 떠올리며 입을 열었다.

"설마 월인도법입니까?"

"……눈치 빠른 영감 같으니라고. 맞아, 그거야."

"그게 그렇게 대단한 겁니까?"

"아아…… 꽤나 재미있더라고, 그거."

공손천기는 히죽 웃었다.

자신만만한 미소.

선우조덕은 그런 공손천기를 바라보다가 고개를 끄덕였다.

"저는 딱히 반대하지 않겠습니다. 교주님의 안목을 믿으니까요."

"영감이라면 이해해 줄 줄 알았어. 그리고 걱정 마. 수라환경을 전해 주지 않겠다는 게 아니니까. 파괴력은 확실히 그게 최고거든."

공손천기는 말을 하다 초류향의 얼굴을 떠올리며 갑자기 씁쓸한 얼굴을 해 보였다.

"근데 내 제자 녀석 말이야. 무당파에 원한이 좀 있어."

"무당파 말입니까?"

정도맹의 주축이자 소림사와 쌍벽을 이루는 곳이 바로 무당파다.

그 세력의 방대함이나 영향력만큼은 당금의 소림사보다 더하다는 소리가 있을 정도였다.

한마디로 적으로 상대하기 껄끄러운 곳이다.

공손천기 역시 그것을 떠올렸는지 볼을 긁적이며 입을 열었다.

"이미 제자의 복수를 도와주기로 결정했어. 이래저래 제자 녀석의 마음이 이해가 되어 버렸거든. 본인 손으로 복수를 하고 싶어 해서 직접적으론 도와주지 못하겠지만 간접적으로라도 해 줄 수 있는 건 다 해 주고 싶더라고. 아무래도 그런 부분에서 내가 철이 좀 덜 들었나 봐."

공손천기는 그렇게 말을 하며 임학겸을 시켜서 초류향을 데려오게 했다.

그리고 입을 열었다.

“그러니 그 아이를 만나면 무당파에 관한 것은 되도록 묻지 마. 괴로운 기억이 있으니까.”

“알겠습니다.”

잠시 후 초류향이 불려왔다.

지난 며칠 동안 가까스로 마음을 추슬렀는지 많이 차분해진 모습이었다.

그러나 아직도 어딘가 많이 불안해 보였다.

“왔느냐? 인사해라. 본 교의 약제당을 맡고 있는 마의 선우조덕이다. 앞으로 네가 신세질 일이 많을 거야.”

초류향은 공손한 태도로 읍을 하며 선우조덕에게 입을 열었다.

“초류향입니다. 앞으로 잘 부탁드리겠습니다.”

“선우조덕입니다. 공자님. 저야말로 앞으로 잘 부탁드립니다.”

선우조덕은 흐뭇한 얼굴로 초류향의 이곳저곳을 살펴보았다.

의원 특유의 본능이 발휘된 것이다.

잠시 후 선우조덕은 고개를 갸웃거렸다.

“허어? 저 없는 동안 벌써 소공자님께 벌모세수(伐毛洗髓:골수를 씻어 내고 털을 깎는다. 즉, 다시 태어난다는 뜻)라도 한 겁니까?”

“아니. 처음부터 저랬어. 나도 놀랐지.”

“그럴 리가요?”

“정말이라니까?”

막대한 내력을 가진 고수가 제자의 신체를 인위적으로 무공을 익히기에 적합하도록 만들어 주는 것이 벌모세수다.

굉장히 번거롭고, 진력 소모가 상당하기 때문에 함부로 시전할 수 없었다.
하지만 그 모든 부담감을 감수할 만큼 효과는 정말 뛰어났다.
단번에 환골탈태를 하는 것과 비슷한 효능을 보이기 때문이다.
"제가 진맥을 해 봐도 되겠습니까?"
"얼마든지."
공손천기가 허락하자마자 선우조덕은 초류향에게 눈짓으로 양해를 구하고 그의 손목을 움켜쥐었다.
그리고 내력을 흘려 넣다가 움찔했다.
'이것은?'
선우조덕은 묘한 눈으로 초류향을 바라보았다.
그러다 공손천기를 응시하며 말했다.
"……알고 계셨습니까?"
"물론. 내 눈은 장식용이 아니야."
공손천기는 빙글거리며 웃었다.
정작 당사자인 초류향만 지금 이 상황이 어떻게 돌아가는지 잘 모르는 눈치였다.
"……환골탈태입니까?"
"비슷해. 하지만 아닐 거야. 잘 알잖아, 영감도. 그게 불가능하다는 걸."
화경의 경지에 들어서야만 이뤄 낼 수 있는 것이 바로 환골탈태다.
때문에 이렇게 어린 나이에 환골탈태라는 것을 할 수 있을 리가 없다.
화경이라는 지고한 경지는 인생 전체를 꿰뚫는 깊은 깨달음이 동반

되어야 이룩할 수 있기 때문이다.

"그럼 이것은……."

대체 무어라 해야 한다는 말인가?

몸은 이미 무공을 익히기에 최상의 상태가 되어 있었다.

관절과 관절 사이가 부드러웠고, 내공이 움직여야 하는 경맥들도 막힘이 없이 매끄러웠다.

'게다가…….'

가장 큰 것은 단전에 있었다.

뭔가 요상한 것이 자리 잡고 있지 않은가?

구슬같이 둥글고 작은, 그러면서도 단단한 무언가가 단전에 떡하니 자리를 잡고 있었다.

그곳에서는 정체를 알 수 없는 막대한 힘이 느껴졌다.

"저 녀석, 무공이랑 뭔가 종류가 다른 걸 하나 배우고 있거든. 아마 그거 때문이겠지. 그렇지 않느냐?"

"……."

초류향은 볼을 긁적였다.

어떻게 대답해야 좋을까?

제갈량의 존재를 말해야 하는 걸까?

그래도 되는 걸까?

"널 탓하려는 게 아니다. 나는 오히려 좋게 생각하고 있거든."

초류향이 산법 외에도 무언가를 숨기고 있다는 것은 오래전부터 공손천기도 눈치채고 있었다.

그의 눈은 그런 것을 다 알아볼 수 있었기 때문이다.

하지만 모르는 척 눈감아 주었다.

누구에게나 말하고 싶지 않은 비밀이라는 게 있는 법이니까.

제자가 아직 어리다 하나 그런 비밀을 일일이 다그치면서까지 알아낼 정도로 공손천기는 속이 좁지 않았다.

그저 때가 되면 자연히 말해 줄 것이라 믿을 뿐이다.

"월인도법에 대한 검토는 끝이 났다. 이 영감도 소개해 주고, 그것에 대한 결론도 말해 줄 겸 해서 너를 불렀지."

공손천기의 말을 듣던 초류향의 눈빛이 한층 깊어졌다.

드디어 무공을 배울 수 있게 된 것이다.

하루라도 빨리 무공을 완성해서 조기천 스승님의 복수를 해야 했다.

그것만이 지금의 이 괴로운 마음을 해소해 줄 것 같았기 때문이다.

"받거라."

공손천기는 소매에서 무언가를 꺼내어 초류향에게 날려 보냈다.

허공에서 천천히 날아간 그것은 초류향의 두 손에 얌전히 떨어져 내렸다.

월인도법

그것을 들고 어정쩡하게 서 있는 초류향에게 공손천기가 입을 열었다.

"그것이 앞으로 네가 배우게 될 무공이다."

초류향은 손에 들고 있는 비급서를 뚫어지게 바라보았다.

이것이 초류향과 과거 천하제일인이었던 악중패.

백 년이라는 시간을 건너뛴 그들의 정식 첫 만남이었다.

*　*　*

초류향은 탁자에 놓여 있는 비급을 한동안 말없이 바라만 보았다.

악중패.

그의 독문무공이자 한 시대, 세상의 질서를 바꿨던 절대무공.

월인도법.

따지고 보면 조기천 스승님이 이것 때문에 돌아가셨다.

그 사실을 떠올리자 초류향은 눈앞에 있는 이 월인도법이라는 무공에서 눈으로는 볼 수 없는 어떤 끈끈한 악연 같은 것을 느꼈다.

한껏 복잡해진 얼굴로 초류향은 천천히 악연의 첫 장을 넘겨 보았다.

이 세상은 불공평하다.

첫 문장은 의외로 가벼운 불평에서부터 시작되었다.

초류향은 멈추지 않고 계속 그 아래를 읽어 나갔다.

열의 재능을 가지고 태어난 사람과 하나의 재능을 타고나 아홉의 노력을 한 사람. 둘 중에 과연 누가 옳을까?

누가 옳은 걸까?

아니, 애초에 그걸 구별 지을 수 있는 문제인가?

초류향이 생각하기에 이것은 옳다 그르다를 구별할 수 없는 문제였다.

정답은 열의 재능에 하나의 노력을 더한 사람이다. 세상은 오직 그런 사람들에 의해 진화해 왔다.

무슨 말이 하고 싶은 것일까?

초류향은 악중패의 의도가 궁금해졌다.

그랬기에 그 다음 장을 서둘러 넘겨 보았다.

나는 어릴 때부터 아주 적은 정보로도 사물의 전체를 파악할 수 있었다. 사람들이 소위 말하는 천재였던 것이다. 나는 그것이 늘 불만이었다.

천재인 것이 불만이었다?

자기 과신도 정도껏이지……. 문득 헛웃음이 새어 나왔다.

악중패라는 사람이 과거에 천하제일인이라는 명성을 얻었던 자란 사실을 알고 있지 못했다면 진작 이 비급을 집어던져 버렸을 것이다.

내가 가진 재능이 남들과 다르다는 것을 깨닫는 데에는 그리 오랜 시간이 필요치 않았다. 나는 아주 어릴 때부터 눈으로 한 번 본 것은 그대로 똑같이 재현해 낼 수 있었다. 아니, 오히려 본 것 이상을 구현해 낼 수 있었던 것이다.

초류향은 이 부분에서 자신도 모르게 고개를 끄덕였다.

아주 드물지만 세상에는 이런 사람들이 분명히 존재했다.

아무런 노력도 하지 않은 것 같지만 엄청나게 노력한 사람들보다 더욱 뛰어난 무언가를 보여 주는 사람.

천재라는 부류가 이런 것일 테다.

나는 그것에 강한 반발심이 생겼다. 다른 사람들이 했던 피나는 노력. 그것들이 소위 재능이라는 이름 앞에 너무도 쉽게 부정당해 버리는 것에 화가 났다. 이건 너무 불공평하지 않은가? 그래서 나는 내 평생을 들여 내가 가진 재능이라는 놈과 싸우기로 결심했다.

자기가 가진 재능과 싸우다니?

이 무슨 황당한 발상이라는 말인가?

게다가 선뜻 이해가 되지 않는 말이었다.

초류향은 의아한 마음으로 다음 장을 넘겨 보았다.

나는 평생 동안 무언가를 익히거나 배우는 데 어려워해 본 적이 단 한 번도 없었다. 남들이 말하는 노력이라는 단어가 무엇을 뜻하는지도 잘 몰랐다. 내 인생은 내가 가진 재능이라는 놈 때문에 지나치게 따분해져 버린 것이다.

초류향은 잠시 멍한 얼굴을 해 보였다.

세상에는 이런 사람도 있었구나.

초류향은 악중패의 고충을 이해하려고 노력하면서도 한편으로는 씁쓸하게 웃었다.

이런 천재 앞에서는 평생에 걸친 노력조차 볼품없어지는 것이 아닌가?

솔직히 이런 종류의 천재는 그다지 만나고 싶지 않았다.

그런 생각을 하며 초류향은 다음 장으로 종이를 넘겼다.

나는 내가 가진 재능이라는 놈과 싸우기에 앞서 놈의 정체를 제대로 파악할 필요가 있었다. 이놈이 어느 정도의 크기인지, 어느 정도로 숙달되어 있는지. 그것에 대한 정확한 진단을 통해 왜곡되지 않은 정보를 얻어야 했다. 하지만 그 작업에는 생각보다 많은 시간이 필요했다. 무려 삼십 년이 걸린 것이다.

세상에는 정말 특이한 사람이 많은 모양이다.

삼십 년이라는 엄청난 시간을 들여 결국 재능이라는 놈의 정체를 알아냈다는 건가?

애초에 재능이라는 것의 정체를 파악하기 위한 시간 투자였다. 하지만 그 삼십 년이라는 시간 동안 나는 정말 많은 것을 얻었다. 본래의 목적으로 얻은 수확보다 덤으로 얻게 된 것이 더 많았던 것이다.

덤이라…….

과연 스스로 부끄럼도 없이 천재라 말하고, 세상에서는 천하제일인으로까지 불렸던 사람이 덤으로 얻은 것이 무엇일까?

무공이라는 것도 그중 하나다. 나는 사실 무공이라는 것이 무엇인지 잘 모른다.

어?

갑자기 뜬금없이 이게 무슨 소리지?

월인도법은 무공이 아니었던가?

초류향은 당황한 얼굴로 서둘러 다음 장으로 넘겨보았다.

다만 강한 인간을 만드는 방법만 알고 있을 뿐이다.

그럼 그렇지.

초류향은 약간 안도한 얼굴로 다시 글을 읽어 내려 갔다.

재능이라는 것의 정체를 파악한 후, 나는 단 한 번 칼을 들고 강호라는 곳으로 나간 적이 있었다. 내가 얻은 것이 과연 진리인지 알아보기 위해서였다.

단 한 번 강호로 나갔었다?

초류향은 고개를 갸웃거리고 그 다음 장을 읽어 내려갔다.

그날 이후로 사람들이 나를 천하제일 고수, 천하제일 무인 등, 뭐 이런 것으로 불렀던 것이 기억난다. 우스운 일이다. 나는 애초부터 무공이라는 것을 배워 본 기억이 없으니까.

응?

초류향은 안경을 벗고 한쪽 눈을 문질렀다.

혼란스러웠다.

무공을 배워 본 적이 없다고?

그런데도 천하제일인이 되었다?

대체 그 삼십 년 동안 악중패에게 무슨 일이 있었던 거지?

게다가 아까부터 자꾸 사람을 들었다 놨다 하는 것이 영 불편했다.

이걸 정말 끝까지 읽어야 하나, 라는 마음이 잠깐 들었지만 이왕지사 내친걸음이다.

초류향은 다시 안경을 쓰고 책을 다음 장으로 넘겼다.

내가 이 책에 적어 놓은 것은 사람을 강하게 만들 수 있는 방법이다. 이것은 무공이라는 것과 차원이 다르니 그런 하찮은 것과 비교하지 마라.

초류향은 여기서 다시금 책을 덮어 놓고 숨을 크게 몰아쉬었다.

무공을 하찮은 것이라 폄하하다니?

월인도법이라는 책이 사람 하나를 완전히 바보로 만들고 있는 것 같았다.

게다가 무공 비급서면서 왜 정작 가장 중요한 무공에 대한 이야기는 단 한 마디도 하지 않고 이렇게 쓸데없는 말들만 잔뜩 늘어놓았을까?

그 점에도 괜스레 화가 났다.

공손천기 스승님을 비롯하여 다른 이들은 어떻게 볼지 모르겠지만 초류향은 스스로에게 주어진 시간이 얼마 없다고 생각했다.

그것 때문에 초류향은 근래에 상당히 초조해하고 있었다.

'세상에서 사람의 감정만큼 간사한 것은 없다.'

사람의 마음이란 참으로 간사하다.

그렇기 때문에 쉽게 변해 버린다.

때문에 지금의 이 분노 역시 시간이 지나면 차츰 없어질지도 모른다.

아니, 없어지지 않더라도 조금이라도 변질되거나 사그라질지도 모르는 일이다.

그건 결코 용납할 수 없었다.

그랬기에 서둘러야 했다.

지금의 이 감정.

가슴속에서 용암처럼 뜨겁게 울컥거리는 이 무언가가 퇴색되기 전에 원하던 경지를 이루어야만 했다.

그래야 온전하게 무당파에게서 원하는 것을 받아 낼 수 있을 테니까.

그날 이후로 마음 한 구석에 스스로가 생각해도 너무도 짙은 어둠이 자리 잡아 버렸다.

'놈과 눈이 마주치면 안 돼.'

초류향은 입술을 깨물었다.

이것을 너무 깊게 들여다보면 안 된다.

자칫 잘못해서 그곳에 빠져들게 되면 다시는 헤어 나올 수가 없게 되어 버리니까.

하지만 이 어둠을 완전히 외면해서도 안 되는 것이다.

조기천 스승님이 돌아가시던 그때, 산산이 부서졌던 마음의 파편들이 저렇게 마음 한 구석에 자리 잡고 있는 것이기 때문이었다.

언제나 적당히 거리를 두고 그것을 지켜봐야만 했다.

이것은 그날의 원한을 잊지 않기 위해서는 꼭 필요한 일이었다.

초류향은 고개를 몇 번 휘휘 저은 후 평소의 담담한 눈빛으로 돌아와서 다시 월인도법을 바라보았다.

이건 다 좋은데 사설이 너무 길다.

초류향이 알고 싶은 것은 악중패의 과거나 그가 했던 생각 같은 것이 아니었다.

그의 무공.

오로지 한 시대를 풍미했던 그의 엄청난 무공에만 관심이 있을 뿐이다.

'조급해하지 말자.'

초류향은 기지개를 켜고 호흡을 길게 내뿜으며 찌뿌둥한 몸을 풀어주었다.

분명 공손천기 스승님도 이 책을 읽어 보셨다.

충분히 검토하신 후에 자신에게 주었다고 했으니 이것은 진짜배기라는 뜻이다.

원하던 것이 손에 들어와 있는데 서두르거나 조급해할 필요가 없었다.

그저 탐구하는 마음으로 그것을 보기만 하면 될 뿐이다.

그렇게 초류향은 스스로를 다독이며 비급서를 열었다.

나는 오랜 시간 재능이라는 놈의 정체를 알아내기 위해 노력했다. 그러다 아주 우연히 내 안에 있는 것들과 대화를 시도하게 되었다. 그것이 모든 것의 시작이었다.

내 안에 있는 것?

그게 무엇이지?

초류향은 빠르게 다음 장으로 넘겨보았다.

내 안에 있는 것들과 대화를 하고 최종적으로 그것의 힘을 빌려서 사용하는 것만으로도 나는 천하제일이라 불렸다.

초류향은 다음 장으로 넘기기 직전 문득 심장이 간질거리는 것을 느꼈다.

곧 월인도법의 진정한 정체가 나올 것을 알았기 때문이다.

보고 싶다고 생각하면 천 리 거리에 있는 것도 한눈에 보였다. 듣고 싶다고 생각하면 아무리 멀리 떨어져 있어도 귓가에 들렸다. 필요한 것은 그저 생각하기만 하면 되었다. 내 몸 안에 이미 삼라만상(森羅萬象:세상의 온갖 것들)이 있는데 어리석게도 그것을 모르고 있었던 것이다.

착각인지도 모르겠지만 이것은 언뜻 월인산법삼라술해에 적혀 있던 내용과 비슷한 느낌이 들기도 했다.

대체 어디서 그런 느낌이 든 것일까?

초류향은 고개를 갸우뚱거리며 다음 장으로 넘겨보았다.

내 몸 안에 존재하고 있는 삼라만상에게서 힘을 빌려 오면 천하를 두 손으로 들 수 있다. 그것이 바로 내가 덤으로 얻은 능력 중의 하나이자 이곳에 적어놓은 강한 인간이 되는 힘. 즉, 차력(借力)이다.

뭐?

차력?

순간 초류향의 얼굴에 황당함이 떠올랐다.

자신이 잘못알고 있는 건가?

차력이라니?

초류향은 재빨리 책을 더 넘겨보았다.

이 책에는 천하제일 차력사(借力士)가 되는 방법을 적어 놓았다. 후대의 누군가에게 도움이 되기를 바란다.

초류향의 얼굴이 일그러졌다.

그가 생각하고 있던 그 차력이 맞았기 때문이다.

'차력사라니 이게 대체…….'

월인도법.

천하제일 무공 비급.

그것의 진짜 정체는 차력사가 되는 비법이었던 것이다.

* * *

"크크크, 그 녀석 지금 많이 황당할 거야."

"소공자 말씀이십니까?"

"그래. 아마 많이 당황했을걸?"

공손천기는 눈앞에 놓인 진수성찬을 먹으며 장난기 가득한 얼굴로 연신 히죽거렸다.

그 얼굴을 바라보던 선우조덕은 속으로 침음을 삼켰다.

지금 교주의 저 얼굴은 못된 장난을 치려고 할 때 항상 나타나는 표정이 아니던가?

이번 괴롭힘의 대상은 불행하게도 소공자인 모양이다.

"그…… 월인도법에 무언가 있는 겁니까?"

"있지. 아주 커다랗고 무시무시한 게."

공손천기는 말을 하면서 계속 음흉하게 웃었다.

"너무 덩치가 커다란 놈이라 하마터면 이 나조차도 그 모습을 제대로 못 볼 뻔한 놈이었지."

천하제일인 악중패.

공손천기는 과연 이름값을 하는 영감이라고 생각했다.

"그렇게 대단한 것입니까? 월인도법이라는 것이?"

선우조덕이 호기심 가득한 얼굴로 묻자 공손천기는 고개를 끄덕였다.

"차력 같은 말로 포장을 요상하게 해 놔서 사람 헷갈리게 하지만 말이야, 거기에는 모든 것을 관통하는 진리가 담겨 있지. 제법이야."

"진리요?"

공손천기는 고개를 끄덕이며 술을 홀짝거렸다.

"일체유심조(一切唯心造: 모든 것은 마음에서 비롯됨)라는 말, 알지?"

"땡중들이 읽는 화엄경(華嚴經)에서 나온 말이 아닙니까?"

"그래, 그거. 월인도법은 그 일체유심조의 정수가 담겨 있어."

"불경입니까?"

"아니. 땡중들과는 다른 방식으로 풀어낸 일체유심조더군. 그래서 재미있는 거지. 조금이지만 나에게도 도움이 되었을 정도니까."

선우조덕은 눈을 동그랗게 떴다.

"교주님께서도 그것을 보고 얻은 것이 있습니까?"

공손천기는 고개를 끄덕였다.

"나와는 다른 방식으로 같은 곳에 올라간 영감이라 얻은 것이 조금 있지. 뭐, 그래 봐야 부스러기 같은 거지만."

선우조덕은 젓가락질을 멈추고 자신도 모르게 입을 떡하니 벌렸다.
그가 알고 있는 것이 맞다면 공손천기는 분명 세상에 알려진 것보다 더 대단한 무인이었다.
전인미답(前人未踏: 여태껏 아무도 도달하지 못함)의 경지.
신의 경지라 불리는 신입의 경지에 들어서지 않았던가?
그런 고수가 월인도법을 읽은 후에 얻은 것이 있다?
그렇다면 그건 정말 대단한 보물이 아닌가?
"단지 다른 놈들은 그것을 보고도 못 알아볼걸? 그게 월인도법의 유일한 단점이라면 단점이겠지. 순서가 아주 엉망진창이더라고."
"순서요?"
"그래, 순서. 그게 문제지. 기존에 무공이라는 것을 한 번이라도 배웠던 놈들이라면 아마 못 알아볼 거야. 말도 안 되는 순서로 뒤죽박죽 적혀 있거든, 그거."
공손천기는 피식 웃었다.
월인도법에 적혀 있던 대로 악중패는 분명 무공이라는 것을 한 번도 배운 적이 없음이 확실했다.
그것은 거기에 적혀 있던 순서만 봐도 알 수 있었다.
월인도법의 정체는 무공에 대해 전혀 모르는 자가 적어 놓은 희대의 무공 비급이었던 것이다.
공손천기가 언뜻 말도 안 되는 이 괴상한 조합을 떠올려 보고 있을 때 그 모습을 지켜보던 선우조덕이 마른침을 삼키며 되물어 보았다.
"어떤 식으로 적혀 있는지 알려 주실 수 있으시겠습니까?"
"왜? 다 늙어서도 무공에 흥미가 생기나 보지?"

선우조덕은 어색하게 웃었다.

"그럴 리가 있겠습니까? 그냥 호기심입니다. 단순한 호기심."

"호기심이라……."

공손천기는 선우조덕의 얼굴을 살펴보다 눈을 가늘게 뜨며 웃었다.

"하긴 자네에게는 도움이 될지도 모르겠군."

선우조덕은 어색하게 웃었다.

그 평생에 남에게 무공에 대해 물어볼 날이 다시 오게 될 줄은 생각지도 못했다.

그런데도 궁금했다.

저 대단한 공손천기조차도 얻은 것이 있다고 하지 않던가?

잘만 하면 자신도 깨달음의 부스러기를 얻을 수 있을지도 모른다.

화경의 경지를 코앞에 두고 그것을 넘어서지 못한 게 벌써 수십 년째였기 때문이다.

"월인도법은 말이야, 어린아이에게 걸음마를 가르치지 않고 곧장 뛰는 방법부터 가르치고 있어."

"예?"

걸음마도 하지 않고 어떻게 뛰는 법을 가르친다는 말일까?

이해가 되지 않는 말이었다.

"월인도법이라는 생뚱맞은 이름이 왜 나왔는지는 대충 짐작이 가더군. 아무튼 오랜만에 재미있는 걸 주워 왔어."

전혀 기대하지도 않아서일까?

공손천기는 완성된 월인도법을 머릿속으로 풀어내며 속으로 많이 아쉬워했다.

이 정도의 것을 남겨 놓은 악중패라면 전력을 다해 봐도 될 것 같았기 때문이다.

공손천기는 그와 같은 시대에 태어나지 못한 것을 후회했다.

목구멍으로 넘어가는 술맛이 씁쓸하게 느껴지는 것은 실로 오랜만이었다.

*　　*　　*

남만이라는 곳은 사시사철 무척 더운 지역이었다.

사방에 파초선처럼 큰 잎을 지닌 남국의 나무들이 가득했으며 산에는 먹을 수 있는 열매들이 지천에 널려 있었다.

일 년 내내 먹을 것을 걱정하지 않는 풍요로운 땅.

하지만 이 땅은 사람의 발길을 완강히 거부했다.

곳곳에 온갖 사나운 맹수들이 심심찮게 돌아다녔고, 물리면 즉사할 수밖에 없는 무시무시한 독충들이 사방에 즐비했다.

신에게 축복과 저주를 동시에 받은 이 땅에는 오직 그들만이 존재했다.

남만야수문.

이 땅은 오로지 신에게 선택받은 그들만을 위한 땅이었다.

"오랜만에 즐거워 보이는 얼굴이구나."

"그렇습니까?"

남만야수문의 주인.

당대의 야수왕이라 칭해지는 남만의 신.

구마벽(嶇魔劈).

그는 제왕의 기세를 내뿜으며 그의 첫째 아들을 물끄러미 바라보았다.

"이번 외출이 상당히 재미있었던 모양이다. 너답지 않게 제법 들떠 있구나."

구휘.

그는 부정하지 않았다.

실제로 들떠 있었기 때문이다.

그날, 공손천기와 백무량의 결전을 직접 목격했다.

그리고 남들은 보지 못했던 것을 구휘는 똑똑히 보고 왔다.

확실히 그때 그 장면 하나하나는 좋은 영양분이 되어 구휘의 영혼을 살찌웠고, 가슴속 깊은 곳에서 지금껏 느껴본 적 없던 희열을 느끼게 해 주었다.

"중원의 역량을 보았습니다."

앞으로의 일정을 짜는 데 있어 이번 경험은 실로 좋은 척도가 될 수 있었다.

남만야수문의 야망.

그것을 이루는 데에 이보다 도움이 되는 건 없었으니까.

"그래, 크기는 가늠이 되더냐?"

구마벽이 술잔을 입가로 가져가며 묻자 구휘는 슬며시 웃었다.

"예. 보였습니다."

공손천기와 백무량.

천하의 패권을 놓고 싸웠던 두 명의 초인.

그들의 무력은 확실히 두 눈에 새겼다.
서로가 마주 보며 내뱉던 거친 숨결과 땀으로 번들거리던 머리카락 한 올까지.
단 한 장면도 구휘는 놓치지 않았던 것이다.
"결론은 나왔느냐?"
구마벽의 질문에 구휘는 잠시 멈칫했다.
그리고 그의 아버지이자 남만의 영원히 지지 않는 태양을 뚫어지게 바라보았다.
그의 얼굴과 표정에서는 숨길 수 없는 망설임이 엿보였다.
"숨기려 할 필요 없다. 네가 본 그대로를 말해라."
구휘, 그는 아버지를 바라보다 조금은 어렵게 입을 열었다.
"……아버지의 시간을 저에게 양보하여 주십시오. 아버지의 세대에서는 도저히 본 문의 꿈을 이룰 수가 없습니다."
그랬다.
백무량은 가능하겠지만 공손천기.
그는 도저히 어찌할 수 없는 괴물이었다.
그것이 구휘가 내린 결론.
한데 구휘의 말을 들은 구마벽은 의외로 별다른 동요를 보이지 않았다.
"그렇더냐?"
"예. 백무량은 모르겠지만 공손천기는 확실히 어렵습니다."
어렵다.
그 말에 구마벽은 턱을 괴며 그의 아들을 지그시 바라보았다.

별로 화는 나지 않았다.

그 역시 어느 정도 짐작했기 때문이다.

남만야수문은 그 환경의 특이함 때문인지 대대로 무시무시한 재능을 지닌 후계자들이 끊이지 않고 계속 배출되어 왔다.

그런 사납고 쟁쟁한 후계자들 사이에서도 구휘의 재능은 진정 각별했다.

그의 천재성은 전례가 없을 만큼 뛰어났기 때문이다.

'가망이 없다는 건가.'

속으로 쓴웃음을 지으며 구마벽은 생각에 잠겼다.

확실히 공손천기의 이름은 이 험지인 남만에도 잘 알려져 있었다.

거리상 중원에 있는 정도맹보다는 천마신교가 남만에 조금은 가까웠기 때문이다.

그랬기에 남만은 천마신교의 힘을 잘 알았다.

그들이 내부에 꾹꾹 억눌러 놓고 있는 그 거대한 힘을 일찍부터 알아차리고 있었던 것이다.

'하지만…….'

아무리 천마신교에 고수들이 즐비하다지만 구마벽을 긴장시키는 것은 역시 단 한 명뿐이다.

교주.

아주 오래전에 한 번 스치듯이 보았을 뿐이지만, 그때 당시 교주가 뿜어내던 이질적인 분위기는 구마벽의 기억 속에 아직도 강렬하게 남아 있었다.

탁—

구마벽은 한 손에 들고 있던 술잔을 탁자에 비스듬히 올려놓으며 입을 열었다.

"너에게 걸어 봐도 되겠느냐? 본 문의 미래를."

남만야수문의 미래.

그들의 오래 꿈.

그것은 바로 중원 진출이다.

구휘 역시 그 사실을 잘 알고 있었다.

그랬기에 아버지의 형형한 눈빛을 맞이하며 조금도 물러서지 않고 입을 열었다.

"오직 저만이 본 문의 오랜 비원(悲願: 비장한 소원)을 이룰 수 있습니다."

담담한 음성.

구휘는 자신 있었다.

적어도 그의 세대에서는 자신을 넘어설 사람이 없을 것이라는 사실을 확신하고 있는 것이다.

구마벽 역시 확실히 자신의 아들이라면 가능할 거라고 생각했다.

그의 아들은 분명 괴물이었으니까.

'하나 세상에는 괴물이 많지.'

그랬다.

세상은 지나치게 넓었다.

그 점이 조금 우려스러운 구마벽이었다.

*　　*　　*

'차력이라니…….'

초류향은 큰 충격에 빠져 있었다.

많은 기대를 하고 있어서였는지 그만큼 실망감 역시 컸다.

"괜찮으냐?"

공손천기는 빙글거리는 웃음을 지은 채 멍한 얼굴을 하고 있는 초류향을 바라보며 물었다.

'괜찮을 리가 있겠습니까?'

벌컥 화를 내며 이렇게 묻고 싶었지만 초류향은 가까스로 참았다.

그저 달리는 마차 밖을 응시하며 공허한 눈빛을 해 보일 뿐이었다.

공손천기 스승님은 대체 무슨 생각으로 이런 비급서를 자신에게 준 것일까?

초류향은 오래전 아버지의 손을 잡고 길거리에서 공연을 하고 있는 차력사를 본 적이 있었다.

당시에 그것은 분명 새로운 세계긴 했다.

기합 한 번에 사람 머리통보다 큰 바위를 손으로 부수고, 불덩이를 자유자재로 다루는 엄청난 사람들.

어린아이의 눈에는 정말이지 대단해 보였다.

하지만 그뿐이다.

그것으로는 절대 무당파를 상대할 수 없었다.

초류향이 한껏 어두워진 얼굴로 마차 벽에 기대어 손가락으로 문 틈새만 하염없이 만지작거렸다.

무언가 말을 하고 싶은데 어떻게 이야기를 꺼내야 할지 애매했기 때문이다.

그 음울한 모습에 공손천기는 결국 참지 못하고 크게 웃음을 터트렸다.

"푸하하핫! 우리 제자가 실망이 아주 큰 모양이구나."

"……."

실망을 안 했다면 그것이 오히려 거짓말일 것이다.

그것을 누구보다도 잘 알고 있을 사람이 저렇게 웃으니 결국 초류향도 헛웃음을 흘릴 수밖에 없었다.

그래서 웃었다.

허탈한 얼굴로 힘없이 웃은 것이다.

그 기괴한 모습에 공손천기는 뭐가 그리 즐거운지 다시 한 번 숨넘어갈 듯 배를 부여잡고 끅끅 웃었다.

그렇게 얼마를 웃고 있었을까?

공손천기는 가까스로 진정한 얼굴로 그의 제자를 바라보았다.

그리고 말했다.

"사람에게는 맹수와 같은 날카로운 이빨과 발톱이 없지."

"……."

"그랬기에 사람들은 맹수를 사냥하기 위해 도구를 사용하기 시작했다. 그 도구들은 차츰 시간이 지날수록 '무기'가 되었으며, 그 무기는 점차 살상에 유리해지도록 발전해 왔다."

"……?"

갑자기 이게 무슨 말일까?

초류향이 의아한 얼굴을 해 보이자 공손천기가 웃으며 말했다.

"역시 내 예상대로 '차력사가 되는 방법' 이후로 월인도법을 읽지 않았던 모양이구나."

"……예."

그랬다.

그 이후로 전혀 읽지 않았다.

실망감에 몸서리치며 그것을 상자에 넣어 고이 모셔 두었을 뿐이다.

"월인도법의 실체는 진정 경이롭다. 그건 내가 보증하마. 네가 실망했던 그 다음부터 놈의 진짜 모습이 나타나지. 그러니 너무 실망만 하고 있지 말거라."

초류향은 고개를 숙였다.

스승의 자상한 음성에 입이 열 개여도 할 말이 없었기 때문이다.

"제자야."

"예, 스승님."

"조기천, 그 친구가 죽은 이후 넌 너무 조급해하고 있다. 하나 네가 원하는 것은 성급하게 한다고 이룰 수 있는 게 아니다. 여유를 가지고 주변을 조금 더 자세히 볼 필요가 있지. 그렇지 않느냐?"

이번에도 꿀 먹은 벙어리처럼 입을 열지 못했다.

초류향은 그저 고개를 숙이고 스스로를 반성할 따름이었다.

"곧 있으면 목적지에 도착한다. 오늘은 일단 푹 쉬거라."

"……알겠습니다."

조금 부끄러워졌다.

초류향은 조금 전과는 전혀 다른 마음으로 마차 문 틈새를 손가락으로 만지작거렸다.

*　　*　　*

사락—

초류향은 월인도법을 다시 펼쳐 들었다.

이제 내일이면 십만대산에 도착한다고 들었다.

천하인들에게 공포의 상징인 십만대산.

천마신교가 있는 땅이다.

그 내부가 어떻게 구성되어 있는지 어디에 주요 시설들이 위치해 있는지 알려진 게 거의 없는 곳.

모든 것이 비밀에 싸여 있는 곳이 바로 천마신교다.

하지만 지금의 초류향에게는 그러한 사실이 전혀 중요하지 않았다.

전신의 모든 신경이 월인도법에 집중되어 있었던 것이다.

과연 스승님의 말처럼 가장 중요한 부분은 그가 덮었던 다음 장부터 나왔다.

'인간의 몸 자체를 무기로 만든다라…….'

이건 제법 재미있는 발상이었다.

몸뚱이 자체가 무기가 된다.

그 무엇에도 부러지지 않고, 다치지 않으며 모든 것을 부술 수 있는 절대의 병기.

육체를 한계 저 너머까지 끌어올리는 것이다.

'그것이 련(練).'

총 서른 자(字:글자)에 이르는 구결로 이루어진 월인도법의 제일 첫

부분은 련.

련에서부터 차력은 시작되는 것이다.

초류향은 그렇게 조금씩조금씩 월인도법에 빠져들어 갔다.

第七章

공손아리

"도착했다. 내려 보거라."

"……."

초류향은 피곤한 얼굴로 마차에서 내렸다.

그리고 내리자마자 그 자세 그대로 석상처럼 얼어 버렸다.

정면에 보이는 거대한 산.

그것을 보는 순간 이곳이 십만대산인 것을 바로 알 수 있었다.

"여기가 내 집이다. 좋아 보이지?"

초류향은 입을 열어 대답하지 못하고 그저 고개만 끄덕거렸다.

십만대산.

그것은 어마어마한 크기의 요새였다.

눈으로는 그 크기가 짐작도 되지 않는 산 전체를 높은 성벽들이 둘

러치고 있었던 것이다.

그리고 초류향의 전면에 그게 있었다.

한참을 올려다봐야 하는 엄청난 크기의 붉은 대문.

'혈뢰문(血雷門).'

이것이 그 유명한 혈뢰문이다.

천마신교를 습격해 왔던 수많은 적들의 피가 그대로 말라붙어서 붉게 변해 버렸다는 그 문.

천마신교 피의 역사가 그대로 새겨져 있는 증표였다.

그 혈뢰문의 제일 꼭대기.

그곳에는 굵고 힘 있는 필체의 현판이 걸려 있었다.

천마신교(天魔神敎) 총본타(總本他)

공손천기는 아직까지 얼빠진 얼굴을 하고 있는 제자의 머리를 가볍게 헝클며 말했다.

“여기가 바로 강호에서 십만대산이라 부르는 곳이다. 그리고 앞으로 네가 머물게 될 곳이기도 하지. 어떠하냐?”

무어라 말해야 좋을까?

가슴속에서 무언가가 부글거리며 끓어오르는데 설명할 길이 없었다.

그렇게 초류향이 대답할 말을 찾고 있을 때.

눈앞에서 거대한 혈뢰문이 서서히 열리기 시작했다.

그그긍—

뻑뻑한 소리와 함께 문이 열렸다.

쿠우웅—!

완전히 문이 열리자 그 안의 정경이 고스란히 드러났다.

그리고 초류향은 다시금 얼어붙었다.

십만대산이 강호인들에게 두려움을 심어주는 진짜 이유.

그 실체가 지금 눈앞에 나타난 것이다.

혈뢰문 안쪽.

그곳에는 사람들이 있었다.

“번거로운 일을 했군.”

공손천기는 웃으며 천천히 혈뢰문 안으로 걸어 들어갔다.

그가 문 안에 들어서자 가장 앞쪽에 서 있던 자가 큰 소리로 외쳤다.

“천마앙복(天魔仰伏)!”

산 전체가 떨어 울리는 음성.

하지만 그것에 화답하는 목소리는 앞의 것보다 더욱 컸다.

"신교천하(神教天下)!"

천지가 뒤집어질 듯 우렁찬 소리들.

쿵—!

동시에 대지를 떨어 울리는 거대한 발 구름에 초류향은 정신을 차리지 못했다.

길 양옆으로 끝도 없이 도열해 있는 무인들이 일제히 예를 갖춰 공손천기와 초류향을 맞이하고 있던 것이다.

"이거 오랜만이라고 영감들이 신경을 좀 써 준 모양이네."

공손천기는 히죽 웃으며 태연하게 문 안으로 걸어 들어가기 시작했다.

그에게 이 정도의 환대는 익숙한 것이었으니까.

하나 초류향은 아니었다.

이미 비슷한 것을 한 번 경험해 보았지만 이번에는 그 규모부터가 달랐다.

천마신교의 십대 무력 단체 중, 외부에 나가 있는 세 개의 단체를 제외한 전부가 나온 것이다.

오로지 교주와, 그 후계자를 위해서.

전장에서 뒹굴던 이들이 내뿜는 패기는 정말 장난이 아니었다.

마주하는 것만으로도 숨이 턱턱 막히고 등에서는 식은땀이 줄줄 흘러내릴 정도의 박력.

머리가 하얗게 비워져 갔다.

『쫄지 마라. 이들은 네 편이다.』

공손천기의 장난스러운 전음을 듣자 초류향은 겨우 정신을 추슬렀다.

그리고 마른침을 한 번 삼킨 후 평소의 덤덤한 표정을 해 보였다.

'그래. 이들은 나의 적이 아니다.'

적은 무당파였다.

이들은 그의 아군이다.

세상에서 가장 든든한 아군.

초류향은 그렇게 되새김질하며 앞서 가고 있는 공손천기의 뒤를 종종걸음으로 쫓아가기 시작했다.

성큼성큼 걷던 공손천기가 어느 지점에 이르러 우뚝 멈춰 섰다.

그들을 정면에서부터 맞이하는 사람들이 있었기 때문이다.

대략 스무 명쯤 되어 보이는 인원.

그들 중 제일 선두에 있던 자가 읍을 하며 입을 열었다.

"돌아오셨습니까. 교주님."

"그래. 나 없는 동안 내총관이 수고가 많았겠어."

"당연한 일을 했을 뿐입니다."

내총관이라 불리는 굵은 눈썹에 빡빡머리를 한 덩치 큰 중년인.

그를 시작으로 뒤에 서 있던 모두가 교주에게 안부 인사를 건넸다.

그리고 그 작업이 끝나자마자 곧장 모두의 시선이 초류향을 향했다.

하나같이 이글거리는 시선들이었다.

그것을 깨닫자마자 공손천기는 어이없다는 얼굴로 피식 웃어버렸다.

"나 원, 참. 늙은이들하고는……. 소개가 늦었다. 이 녀석이 내 제자다."

공손천기가 말을 하며 초류향을 앞세우자 모두의 얼굴에 화색이 떠올랐다.

기다리고 있었던 것이다.

"내총관 강창이 소공자님을 뵙습니다!"

"외총관 우길이 소공자님을 뵙니다!"

"호교원주 장각이 소공자님을 뵈오!"

전부 우렁우렁한 목소리들.

그 외에도 여러 명의 사람들이 인사를 해 왔는데 그들의 음성에는 한결같이 하나의 감정이 담겨 있었다.

기쁨.

초류향을 바라보는 그들의 눈과 음성에는 온통 그것만이 가득했던 것이다.

'이 정도였던가?'

천마신교의 후계자에 대한 그들의 기대가 피부로 생생하게 전해져 왔다.

하지만 이상하게도 예전과는 달리 사람들의 기대가 그다지 부담스럽지 않았다.

아무래도 무언가 변한 모양이었다.

"초류향이라 합니다."

"오오!"

그냥 대답만 했을 뿐인데도 모두가 탄성을 지르며 좋아했다.

그동안 천마신교의 후계자를 구하기 위해 이들이 얼마나 많은 노력들을 해 왔는지 초류향은 몰랐다.

이들의 이런 극적인 반응은 그간의 노고를 단적으로 보여 주는 모습이었다.

"쯧, 호들갑스럽기는……. 다들 일이나 하러 가. 나와 이 아이는 좀 쉬어야겠으니까. 여기 나와 있는 아이들도 다 쉬게 해 주고."

"알겠습니다."

내총관이 지휘해서 사람들을 각자의 자리로 돌려보내는 것을 보며 공손천기는 입을 열었다.

"처음 봐서 넌 잘 모를 수도 있겠지만 전부 유능한 녀석들이다. 난 운이 좋은 편이지."

초류향은 고개를 끄덕였다.

그리고 입을 열었다.

"제가 보기에도 유능해 보입니다."

저 많은 인원들을 특별한 소란 없이 일사불란하게 통솔하는 능력하며, 신속하게 명령을 수행하는 모습들은 저들이 가진 능력을 단편적으로나마 잘 보여 주고 있었다.

계단을 오르며 공손천기는 초류향을 슬쩍 바라보았다.

그리고 그 특유의 장난스러운 표정을 지어 보이며 말했다.

"이제부터 이곳에서 너를 도울 사람들은 네가 직접 거둬라."

"무슨 말씀이십니까?"

"앞으로 너의 목숨을 책임지고 지켜 줄 호위 무사를 구하란 말이다. 내 말은."

"……."

호위 무사?

"내가 골라 줄 수도 있지만 그건 내 사람이지 네 사람은 아니지 않느냐? 네 눈으로 직접 보고 네 사람을 골라 보거라. 그리고 그놈에게 목숨을 맡겨 보아라."

목숨을 맡긴다?

무슨 뜻일까?

초류향이 안경을 매만지며 진지한 얼굴을 해 보였다.

"너도 알겠지만 강호란 곳은 언제 무슨 일이 벌어질지 모르는 곳이다. 이런 험한 곳에서 너의 등을 지켜 주는 놈의 존재는 엄청 중요하지. 특히 지금처럼 약할 때는."

맞는 말이었다.

한데 어떻게 사람을 고르지?

초류향의 얼굴에 신중한 기색이 어리자 공손천기가 입을 열었다.

"뭐, 그건 차차 알아서 하도록 하고……. 월인도법은 좀 보았느냐?"

초류향은 고개를 끄덕였다.

"그래? 어떻더냐?"

"……어렵습니다."

"그렇겠지."

공손천기는 잠시 뜸을 들이다 입을 열었다.

"그럼 조언을 좀 해 줄까?"

바라던 바였다.

초류향은 눈을 반짝이며 그의 스승을 응시했다.

"부탁드리겠습니다."

공손천기는 턱을 한 번 쓰다듬었다.

그리고 말했다.

"너무 어렵게 생각하지 마라. 때로는 모든 것을 쉽게 바라볼 필요가 있지. 진리라는 것은 의외로 단순한 놈이거든."

쉽게 바라볼 필요가 있다?

대체 어떻게?

하지만 조언은 거기까지였다.

공손천기는 묘한 웃음을 입가에 그리며 다시 앞장서서 걸었다.

"일단 네가 묵을 곳으로 데려다 주마. 거기 가서 생각해 보거라."

공손천기의 교육 방식.

그것은 스스로 느끼고 깨닫게 하는 것이었다.

모든 것을 설명해 주었던 조기천과는 전혀 다른 방식이다.

초류향은 머릿속으로 공손천기의 조언을 곱씹으며 서둘러 그를 따라 후원으로 향했다.

후원은 굉장히 높은 곳에 있어서 계단을 오르다 지칠 때쯤에야 나타났다.

잘 꾸며진 정원에 작은 규모의 인공 연못도 있는 후원이었다.

인공 연못 중앙에는 장인의 섬세한 손길이 느껴지는 정자가 지어져 있었다.

전체적으로 너무 화려하지도, 그렇다고 단조롭지도 않은 느낌.

하지만 그래서인지 이 정원에서는 주인된 사람의 높은 품격이 더욱 잘 전해져 오는 것 같았다.

"저기 보이는 곳이 앞으로 네가 묵을 곳이다."

와룡각.

조그마한 서재가 딸려 있는 별채였다.

초류향이 문을 열고 와룡각 안으로 들어서자 널찍한 방에 기품 있는 가구들이 놓여 있는 게 눈에 들어왔다.

한눈에 이곳이 마음에 들었다.

그 표정을 바라보던 공손천기가 흐릿하게 웃으며 말했다.

"난 잠시 영감쟁이들 좀 보고 오마. 다녀와서 밥이나 같이 먹자."

"알겠습니다."

"뭐 필요한 게 있으면 저 줄을 당겨 보거라. 도움을 줄 아이들이 올 게다."

"예."

공손천기가 밖으로 사라지고 난 후 초류향은 다시 후원으로 나왔다.

처음 오는 곳인데도 이상하게 마음이 편안해지는 곳이었다.

천천히 후원을 둘러보며 월인도법에 대해 고민하고 있을 때.

누군가의 시선이 느껴졌다.

'누구지?'

초류향이 좌측으로 고개를 돌리자 그곳에 사람이 서 있었다.

그 사람을 본 순간 초류향은 얼어붙었다.

화려한 차림의 소녀.

옅은 금발에 취옥(翠玉:에메랄드)빛 신비한 눈동자.

소녀는 초류향을 똑바로 응시하며 큰 눈을 깜빡거렸다.

그리고 말했다.

"누구세요?"

이게 그녀와 초류향의 첫 만남이었다.

*　　*　　*

"또 어디 가신 거야? 내가 너한테 분명히 정신 놓고 다니지 말라고 했어, 안 했어? 너 진짜 혼나 볼래?"

"죄, 죄송해요, 언니. 설마 또 도망가실 줄은 몰랐어요."

"지금 이게 죄송하다고 될 일이야?"

수신이비(守身二婢:두 명의 호위 무사) 중의 맏언니.

린(麟)은 잔뜩 화난 얼굴로 무어라 더 말하려다가 곧 작게 한숨을 내쉬고는 입을 열었다.

"내가 소군주님의 착해 보이는 외모에 속지 말라고 그렇게 이야기 했잖아. 그분은 언제든 밖으로 빠져나갈 궁리만 하신다구."

"으으, 죄송해요, 언니…… 깜빡했어요."

"으이구, 이 답답아. 내가 너 때문에 늙는다, 늙어. 빨리 찾아! 윗분들한테 걸리면 어떻게 되는지 알지? 너랑 나랑 바로 이 꼴 당해."

린은 자기 목을 손으로 스윽 그으며 끔찍한 얼굴을 해 보였다.

"죄, 죄송해요!"

"알았으면 빨리 서둘러. 그리 멀리 가시진 못하셨을 거야."

"넷!"

붉은 궁장 차림의 여인 둘.

그녀들은 다급한 기색으로 궁전 이곳저곳을 마구 뛰어다니고 있었다.

얼마나 찾아다녔을까?

잠시 후 수신이비 중의 동생.

령(鈴)이 하얗게 질린 얼굴로 입을 열었다.

"아무래도 궁전에는 안 계신 것 같아요. 이제 어떻게 하지요?"

"설마 벌써 빠져나가신 건가?"

이건 곤란했다.

궁전 밖에서는 그녀들도 함부로 움직일 수 없었기 때문이다.

더욱이 그녀들이 모시고 있는 소군주는 더더욱 그러했다.

귀하디귀한 신분.

게다가 그 신분만큼이나 특별한 외모 때문에 함부로 외부에 노출되어서는 안 되었다.

그녀의 존재가 외부에 알려지기라도 하면 정말 큰일이었으니까.

"넌 지금 당장 대강당 쪽으로 가 봐. 나는 후원에 가 볼 테니까."

언니의 말에 령은 잠시 의아해하는 표정을 지었다.

"후원은 함부로 못 들어가지 않아요? 위험한 곳이라고 언니가 저번에……."

"걱정 마. 그쪽 책임자에게 양해를 구해 볼 테니까. 그리고 정말 소궁주님께서 거기에 계신 거라면 의외로 쉽게 해결할 수 있어."

"그럼 좋겠지만……."

령은 걱정스러운 얼굴로 린을 바라보았다.

"네가 지금 누구 걱정할 때야? 빨리 대강당에나 가 봐. 윗분들 아시기 전에 소군주님을 못 찾으면 너랑 나랑 끽이야! 끽!"

다시 한 번 린이 목 부분을 손으로 스윽 긋는 시늉을 하자 령은 놀란 사슴처럼 뛰어갔다.

린 역시 그 모습을 보며 빠르게 걸음을 옮겼다.

*　　*　　*

초혜정(草鞋庭).

이곳 사람들은 그 비밀의 정원을 그렇게 불렀다.

아무나 함부로 출입할 수 없는 곳이자 십만대산 내에서도 가장 은밀한 장소였다.

동시에 이곳 천마신교에서 가장 위험한 곳 중 하나였다.

린은 그곳 입구에는 도착했지만 선불리 안으로 들어가지 못하고 잠시 서성거렸다.

그리고 아랫입술을 깨물었다.

'역시 무리야.'

언뜻 보기에 주변에 아무도 없는 것 같았지만 실상은 전혀 그렇지 않았다.

천마신교에서도 가리고 가려서 뽑아 놓은 최고 수준의 암살자들이 정원 입구에서부터 초혜정 곳곳에 배치되어 있었던 것이다.

린은 그들이 내뿜는 섬뜩한 기운을 느끼고 망설였다.

여기서 선택을 해야 했다.

이곳을 강행 돌파한다는 것은 절정 고수인 그녀로서도 무리였다.

정문에 서서 잠시 고민하던 린은 결국 한숨을 내쉬고 입을 열었다.

"초혜정주(草鞋庭主)님을 만나 뵙고 싶습니다."

"……."

대답은 들려오지 않았다.

하나 반응은 확실히 있었다.

사방에서 갑작스럽게 어마어마한 살기가 그녀를 옥죄어 왔기 때문이다.

'여기서부터가 중요해.'

그녀는 지금 위험한 선을 아슬아슬하게 넘어서고 있었던 것이다.

린은 저도 모르게 검을 쥐어 가려 하는 손을 필사적으로 억제하며 조용히 눈을 감았다.

그리고 다시 눈을 떴을 때.

보였다.

회색 장포를 걸치고 있는 사내.

두 눈만 빼놓고 얼굴 전체를 두건으로 가린 사내가 어느새 정문 앞에 서 있었던 것이다.

사내를 마주하는 순간 본능적으로 린은 확신했다.

'초혜정주다!'

어디 출신인지, 누구에게 무공을 배웠는지 천마신교 내에서도 알려진 것이 거의 없는 인물이 초혜정주였다.

외모는 물론이고 그 나이와 무공 수위도 제대로 알려지지 않은 신비의 고수.

교주를 제외하고 절대의 권력을 휘두르는 팔대 호법들조차도 이곳 초혜정에서 만큼은 순한 양으로 돌변했다.

그 모든 것이 초혜정주. 단 한 사람 때문이었다.

뚜벅뚜벅—

린은 사내의 등장과 함께 주변에 가득했던 살기가 거짓말처럼 사라진 것을 느꼈다.

사내 주변의 공기는 이상하게 달랐다.

묘한 위화감이 사내의 전신에 가득했다.

"용건은?"

린의 바로 앞까지 다가온 사내의 목소리는 의외로 젊었다.

린이 그 사실에 잠깐 놀란 얼굴을 할 때 사내가 다시금 말했다.

이번의 음성에서는 감정의 찌꺼기가 조금도 담겨 있지 않은 차가움이 묻어났다.

"난 두 번은 묻지 않는다."

살기.

날카로운 보검처럼 잘 정련된, 당장이라도 목을 베어올 듯한 그 섬뜩한 느낌에 린은 퍼뜩 정신을 차리고 입을 열었다.

"아! 저, 전 이화궁(異火宮)의 린입니다. 소군주님의 수신이비지요."

린은 등골을 타고 흐르는 식은땀을 느끼며 사내를 바라보았다.

상대방이 대체 어느 정도의 고수인지 짐작이 되지 않았다.

'뭐지, 이 느낌은? 설마 화경의 고수?'

린은 거기까지 생각하다가 고개를 저었다.

그럴 리가 없었다.

화경의 고수는 지금 교주님을 제외하고 팔대 호법님들 중에서도 겨우 두 분뿐이지 않은가?

하지만 린은 아까부터 눈앞의 사내에게서 쉽사리 범접할 수 없는 강력한 압박감을 느끼고 있었다.

이런 느낌은 그녀가 아는 한 내에서 지금껏 몇 번 없었던 일이다.

"소군주님을 모셔 가기 위해 왔나?"

"예, 초혜정주님."

다행히 소군주님은 이곳에 있었던 모양이다.

린은 안도의 한숨을 내쉬었다.

"소군주님을 모셔 가도 되겠습니까?"

"불가하다."

"예? 왜요?"

린을 보며 사내가 차가운 어조로 말했다.

"넌 이곳에 들어갈 수 없다."

그랬다.

하긴 당연히 그럴 수밖에 없었다.

사전에 허가를 받지 않고서는 이곳에 아무도 들어갈 수 없었으니까.

소군주야 신분 그 자체가 통행패였으니 어디든 들어갈 수 있지만 린은 아니었다.

하지만 여기서 그냥 물러설 수도 없었다.

"부디 양해를 부탁드립니다. 그것이 어렵다면 소군주님께 말이라도 전해 주시면……."

"거절한다."

일말의 감정도 느껴지지 않는 건조한 말투.

린은 입 안이 바짝바짝 말라갔다.

"초혜정주님, 이번 일에 저와 제 동생의 목숨이 걸려 있습니다. 부디 넓은 마음으로 굽어살펴 주시기 바랍니다."

차가운 돌바닥에 린은 무릎을 꿇었다.

"제발 이렇게 부탁드립니다."

그리고 린은 천천히 고개를 조아렸다.

자존심 따위는 애초에 던져 버렸다.

여기까지 온 이상 외부로 소문이 퍼져 나가는 것은 피할 수 없었다.

소군주님의 허가받지 않은 외출.

그것은 중죄였다.

그래도 이왕 이렇게 되었으니 최대한 빨리 소군주님을 모시고 궁으로 돌아가야 했다.

그래야 뒷수습할 방도라도 찾아볼 수 있을 테니까.

린은 바닥에 이마가 닿을 듯 고개를 조아린 채로 상대방의 반응을 기다렸다.

그 모습을 지켜보던 사내.

초혜정주는 잠시 동안 대답이 없었다.

그렇게 얼마의 시간이 지났을까?

사내가 나지막하게 입을 열었다.

"우습군. 내가 네 목숨 따위를 왜 신경 써야 하지?"

"……."

린은 순간 말문이 막혀 버렸다.
그녀가 할 말을 찾지 못하고 망설이고 있을 때.
사내가 몸을 돌리며 말했다.
"돌아가라."
"초혜정주님!"
린이 엉금엉금 기어가 초혜정주의 바지 자락이라도 붙잡으려 할 때였다.
쉬잇—
무언가가 린의 볼을 스쳐 지나가며 얇은 상처를 만들어 냈다.
불에 덴 듯한 화끈한 통증.
"너에게 허락된 곳은 거기까지다. 더 넘어오면 목을 잘라 주지."
오싹한 공포.
린이 얼어붙어 있을 때였다.
갑자기 검은 그림자가 초혜정주 뒤에 나타나 무언가 전음으로 속삭였다.
그 전음을 듣고 있던 초혜정주의 눈빛이 서서히 일그러지기 시작했다.
린은 그 순간 흔들린 초혜정주의 눈빛을 놓치지 않았다.
'일이 생겼다?'
매우 곤란한 일.
그러한 것이 지금 막 생겼다는 사실을 알아차린 것이다.
'무슨 일일까?'
초혜정 내부에는 많은 일이 일어나지 않는다.

그곳은 늘 고요했고, 변화가 없는 장소였으니까.
그런 곳에 변수가 생긴 것이다.
'혹시?'
린은 지금 생긴 변수가 제발 자신에게 유리한 일이기를 간절하게 기도했다.
그런 그녀의 기도가 통한 것일까?
초혜정주가 마뜩잖은 눈빛으로 그녀를 보며 입을 열었다.
"……안에 들어가고 싶다고 했나?"
린은 정신없이 고개를 끄덕이며 말했다.
"예. 안에 들어가고 싶습니다."
"따라와라. 소군주님께 데려다 주지."
그 말만 하고 사내는 몸을 돌려 문 안으로 들어갔다.
자리에서 벌떡 일어난 린은 재빨리 초혜정주의 뒤에 따라붙으며 말했다.
"감사합니다!"
"……."
사내는 대답하지 않았다.
그저 묵묵하게 걸어갈 뿐이었다.
'다행이다.'
린은 안도했다.
내부에서 생긴 일이 무엇인지는 모른다.
하지만 그 덕분에 이런 기회도 생겼으니 마냥 감사할 따름이다.

*　　*　　*

“저곳이다.”

호수의 반대쪽.

그곳에 확실히 소군주님이 계셨다.

린에게 있어서 목숨보다도 소중한 사람.

하지만 린은 곧장 움직이지 못하고 제자리에 얼어붙었다.

소군주의 앞에 웬 소년이 서 있었기 때문이다.

린이 입을 쩍 벌렸다.

“저, 저저…….”

초혜정주는 그녀의 반응을 보더니 고개를 끄덕이며 전음을 날렸다.

『솔직하게 말하지. 너희들이 일 처리를 잘못하는 바람에 이쪽까지 난처하게 되었다.』

“…….”

난처하게 되었다?

대체 뭐가?

『소군주님과 저분이 만나신 것. 덕분에 우리 쪽 입장이 곤란해졌지.』

저분?

린은 눈을 동그랗게 떴다.

천마신교 내에서 호법과 동등한 직위를 가지는 사람이 초혜정주다.

그런 그가 존칭을 사용한다?

대체 저 소년이 누구기에?

그녀의 의문투성이 얼굴을 바라보던 초혜정주가 다시금 전음을 날렸다.

『저분이 장차 본 교의 미래를 책임지실 분이시다.』

"……!"

린의 동공이 크게 확장되고 입술이 파르르 떨렸다.

미래를 책임진다.

그것이 가지는 의미가 무엇인지를 알았기 때문이다.

그리고 린은 흥분한 얼굴로 연신 소년의 모습을 훔쳐보다 전음을 날렸다.

『소교주님이 되실 분이신가요? 저분이?』

『그렇다.』

소년.

초류향은 천마신교의 소교주가 될 사람이었다.

물론 지금도 그에 준하는 대우를 받고 있었지만 아직 정식적인 절차를 밟진 않은 상태.

"누구세요?"

저 멀리 금발의 소녀가 초류향을 향해서 입을 여는 것이 보였다.

린은 그 모습을 손을 모으고 지켜보았다.

소군주.

금발의 소녀는 여태껏 또래의 아이들과 말을 나눠 본 적이 거의 없었다.

그녀의 높은 신분과 특별한 외모 때문이었다.

'남들과 다르다는 것은 두려움을 낳기에 충분해.'

그런 이유 때문에 소군주는 높은 신분임에도 불구하고 궁전 안에 갇혀 지내다시피 했던 것이다.

커다란 철장 안에 갇혀 있는 새나 다름없었다.

색목인(色目人:서양인).

외국과의 왕래가 거의 없던 당시였기에 이들의 외모는 평범한 사람들이 도깨비라 불러도 전혀 이상하지 않았다.

'제발 상처받지 않았으면…….'

소군주를 처음 본 사람들의 반응은 한결같았다.

생소한 존재에 다들 두려워하거나 무서워했던 것이다.

린은 당연히 초류향도 같은 반응을 보일 것이라 예상했다.

하지만 아니었다.

소년은 조금도 당황하지 않고 담담하게 입을 연 것이다.

"그렇게 묻는 그쪽은 누구지? 남에게 이름을 묻기 전에 자신부터 말하는 게 순서 아닐까?"

초류향이 되묻자 소녀는 그 큰 눈을 몇 번 깜빡거렸다.

그녀 역시 아무렇지도 않게 자신을 똑바로 응시하는 상대가 의외였던 것이다.

금발 소녀는 배시시 웃으며 말했다.

"아, 그런 건가요? 제 이름은 공손아리(公孫娥異)예요. 그쪽은 누구세요?"

공손아리?

초류향의 눈빛이 크게 흔들렸다.

이름을 듣자 누군가의 얼굴이 바로 떠오른다.

그 후 설마 하는 마음으로 초류향은 조심스럽게 입을 열었다.

"공손천기…… 스승님과는 어떤 관계지?"

"아, 저희 아버지세요."

초류향은 자신도 모르게 안경을 매만졌다.

그것은 당황했을 때 나오는 습관이었다.

공손천기 스승님의 딸이라니?

스승님에게 딸이라는 존재가 있다는 것도 몰랐지만 너무도 갑작스럽게 등장해서 당황해 버린 것이다.

그 모습을 지켜보고 있던 초혜정주가 린에게 전음을 날렸다.

『교주님께서는 당분간 소교주님과 그 누구도 만나지 못하게 하라고 나에게 명하셨다.』

초혜정주는 여기서 전음을 끊고 일그러진 눈으로 린을 쏘아보며 다시 말했다.

『한데 소군주님은 애초에 우리가 제어할 수 있는 대상이 아니다. 네가 네 일을 제대로 하지 못한 덕분에 이런 말도 안 되는 상황이 생겨 버렸지.』

린은 고개를 숙이며 초혜정주의 따가운 시선을 피했다.

입이 열 개여도 할 말이 없었던 것이다.

『네가 벌인 일이니 네가 수습해라.』

린은 고개를 끄덕였다.

안 그래도 일을 빨리 수습해야 할 필요를 느낀 것이다.

第八章

아빠의 마음

"아빠."

"응."

"난 왜 엄마가 없어요?"

딸을 무릎에 앉힌 상태로 정자에 앉아 함께 호수를 바라보던 공손천기는 아주 잠깐이지만 멈칫했다.

그리고 어린 딸의 부드러운 머리를 쓰다듬고 있던 손을 거두고 공손천기는 잠시 고민했다.

아이들은 항상 이런 식으로 아무렇지도 않게 핵심을 찌르곤 한다.

그러나 이럴 때에 절대 당황해선 안 된다.

더욱이 당장의 상황을 모면하기 위해 말을 돌려서도 안 된다.

공손천기는 곧 평상시의 모습으로 돌아와서 슬쩍 웃었다.

"딸."

"네, 아빠."

"딸은 엄마가 없어서 불편해?"

공손아리는 잠깐 고민했다.

불편하다?

어딘가가 남들과 다르다는 건 알았지만 불편한 것은 잘 모르겠다.

한참을 갸우뚱거리던 공손아리가 고개를 저으며 말했다.

"잘 모르겠어요."

애초에 엄마라는 존재가 무엇인지 모르니 그것이 있고 없고에 어떤 차이가 있는지, 그리고 그 차이가 무엇을 의미하는지 잘 몰랐던 것이다.

"그럼 친구들이 그걸로 뭐라고 해?"

"……."

공손아리는 아빠의 별 뜻 없는 질문에 잠시 대답하지 않고 우물쭈물했다.

그 모습에 공손천기는 순간 뭔가 좋지 않은 느낌을 받았다.

부모로서 가지는 그런 종류의 예감.

공손천기는 재빨리 무릎에 앉혀 놨던 딸을 번쩍 들어 올려 얼굴을 마주 보게 만들었다.

그리고 딸의 아름다운 벽안(碧眼:푸른 눈)을 똑바로 응시하며 말했다.

"딸."

"네, 아빠."

"아빠가 거짓말은 어떤 거라고 했지?"

공손아리는 금세 두려움 가득한 얼굴로 대답했다.

"잠자리……."

어릴 때부터 공손아리는 잠자리를 유달리 무서워했다.

잠자리 특유의 복안(複眼:겹눈. 낱눈 여러 개가 벌집 모양으로 뭉쳐 있는 형태)을 무서워했던 것이다.

"거짓말을 하면 꿈에 잠자리 백 마리가 나타난다고 했지?"

"네……."

"그럼 이제부터 솔직하게 말해야 해."

어린 공손아리는 옅은 복숭앗빛 감도는 볼살이 살짝 출렁일 정도로 크게 고개를 끄덕였다.

그리고 공손천기는 그런 공손아리에게 직설적으로 질문을 날렸다.

"누가 우리 딸 괴롭혀?"

공손천기의 질문에 공손아리는 잠시 침묵을 지켰다.

그리고 천천히 마른침을 삼켰다가 공손천기의 인내심이 한계에 달했을 쯤에야 입을 열었다.

"아빠."

"응, 말해 봐."

"……나 도깨비예요?"

"……뭐?"

"우리 엄마가 도깨비였어요?"

도깨비?

공손천기의 얼굴이 눈에 띄게 경직되었다.

가장 우려하고 있던 일.

그것이 드디어 눈앞에 형체를 드러낸 것이다.

"친구들이 그래?"

공손아리는 다시 머뭇거리다 고개를 끄덕였다.

공손천기의 얼굴이 차츰 딱딱하게 굳어가자 공손아리가 걱정스러운 얼굴로 말했다.

"보모 아주머니가 아빠한테 이런 말씀 드리면 분명 마음 아파하실 거라고 했어요. 그래서 거짓말하려고 했어요. 미안해요, 아빠."

공손천기는 자신의 볼을 천천히 쓰다듬는 딸의 작고 보드라운 손길을 깨닫고 속으로 깊은 한숨을 내쉬었다.

그러자 목 끝까지 차올랐던 무언가가 조금씩 가라앉았다.

그렇다.

이건 애당초 화를 낸다고 해서 해결될 일이 아니었다.

아이들은 정직하다. 그리고 꾸밈없이 솔직하다.

그것은 비단 그의 딸인 공손아리만 그런 것이 아니라 모두가 똑같은 것이다.

그런 아이들의 눈으로 보기엔 공손아리의 특별하고 아름다운 외모는 충분히 이질적으로 보일 수 있었다.

'빌어먹을.'

머리로는 충분히 이해하고 받아들일 수 있지만 마음으로는 아니다.

오랜 시간 수행하고 단련을 거듭해 웬만한 일에는 눈 하나 깜짝 안 하는 공손천기였지만 이런 문제에서는 그도 어쩔 수 없는 아버지인 모양이다.

"괜찮아요, 아빠?"

딸의 걱정스러운 음성에도 공손천기는 잠시 대답하지 않고 침묵을 지켰다.

지금 입을 열면 자기도 모르게 욕이 나갈 것 같았기 때문이다.

그런데 의외로 복잡하게 헝클어져 있던 머릿속은 금세 정리되었다.

'차라리 잘되었다.'

이건 기회였다.

한 방에 모든 것을 정리할 수 있는 기회.

공손천기는 평소의 느슨한 표정으로 돌아가 피식 웃었다.

"흐음, 이제 와 생각해 보니 어쩌면 정말로 네 엄마는 인간이 아니었을지도 모르겠다."

"네?"

공손아리가 눈을 동그랗게 뜨고 바라보자 공손천기는 딸의 머리를 쓰다듬으며 장난스러운 미소를 그렸다.

"나는 아직도 인간들 중에서 그렇게 예쁜 여자가 있다고 믿을 수가 없거든. 그러니 분명 인간이 아닐 거다, 네 엄마는."

공손천기의 얼굴을 보던 공손아리가 진지한 얼굴로 되물어보았다.

"그럼 정말 엄마는 예쁜 도깨비였어요?"

딸의 심각한 얼굴을 바라보며 공손천기는 속으로 웃었다.

"아니. 그럴 리가 있겠느냐? 딸은 아빠 눈이 그렇게 낮아 보여?"

공손아리를 고개를 저었다.

그녀의 아빠는 지상 최강의 남자였다.

세상과도 정면으로 맞서 싸울 수 있을 정도로 당당하고 거침없는 사람.

공손아리가 그의 아버지를 잠시 존경 어린 시선으로 바라보고 있을 때 공손천기가 갑자기 목소리를 낮추며 작게 속삭였다.

"그 꼬맹이들이 잘못 알고 있는 거다. 그리고 이건 비밀이지만 특별히 우리 딸에게만 말해 주마."

"뭔데요?"

공손아리도 덩달아 작게 목소리를 줄여서 묻자 공손천기는 딸의 귓가에 대고 속삭였다.

"사실 네 엄마는 선녀였단다."

"예?"

공손아리가 큰 눈을 깜빡거릴 때 공손천기가 손가락을 하늘 위로 향하며 말했다.

"저쪽 하늘 궁전에서 사는 선녀 몰라?"

공손아리는 아빠의 천연덕스러운 연기에 입을 열어 무어라 말하려 했다.

한데 그러기도 전에 공손천기가 먼저 그녀의 머리를 헝클며 말했다.

"사람들은 말이다, 자신과 다른 걸 본능적으로 무서워해. 그리고 특별한 것을 순수하게 받아들이지 못하고 깎아내리려고만 하지. 참 속이 좁은 놈들이지?"

"……."

"하지만 걱정 마, 딸. 세상엔 아빠처럼 눈이 높은 놈들이 가끔 있어. 그런 놈을 만나면 너도 저절로 알게 될 거다. 진짜배기가 뭔지……. 쭉정이들이 하는 이야기는 신경 쓰지 마. 알겠지?"

공손아리는 별다른 대꾸를 하지 않고 아버지의 손을 꼬옥 쥐었다.

* * *

초류향은 공손아리를 바라보았다.

공손아리도 초류향을 바라보았다.

둘은 그렇게 시선을 피하지 않고 잠시간 정면으로 마주하고 있었다.

마치 눈싸움이라도 하듯이 서로를 뚫어지게 바라본 것이다.

고개를 먼저 돌린 것은 의외로 공손아리였다.

'기분이 이상해.'

그녀는 아버지인 공손천기를 제외하고 이렇게 오랫동안 누군가와 눈을 마주해 본 적이 없었다.

전부 다 그녀와 시선을 마주치면 눈을 피하기 바빴기 때문이다.

그때는 그들이 왜 그랬는지 몰랐지만 지금은 어렴풋이 짐작할 수 있었다.
눈을 똑바로 마주하자 상대방에게 속마음이 읽히는 것 같았던 것이다.
"이름이 뭐예요?"
공손아리는 다소 차분한 얼굴로 안도의 한숨을 내쉬곤 재차 물었다.
시선이 엇갈리자 조금 마음이 편안해졌던 것이다.
"……."
초류향은 무슨 생각을 하는 것인지 살짝 눈살을 찌푸린 상태로 공손아리를 바라보며 대답했다.
"초류향."
엄승도에게 분명 천마신교의 그 누구에게도 존대할 필요가 없다고 들었지만 상대방은 스승님의 딸이었다.
어떻게 대답해야 할까.
저도 모르게 말이 짧아졌다.
다행히 공손아리는 그것을 이상하게 받아들이지 않았다.
"초류향, 류향이라……. 예쁜 이름이네요."
공손아리는 연신 초류향의 이름을 입 안에서 되뇌며 배시시 웃었다.
초류향은 그 모습에 고개를 홱 돌렸다.
가만히 보고 있었더니 조금 가슴이 울렁거리는 듯한 묘한 기분이 들었던 것이다.
그때.
짝—!

웃고 있던 공손아리가 갑자기 손뼉을 마주치며 말했다.

“아! 그쪽이 아빠 제자가 되시는 분? 맞죠?”

초류향이 고개를 끄덕이자 공손아리가 감탄한 얼굴로 바라보았다.

공손아리도 알고 있었다.

아버지인 공손천기가 그동안 제자를 받으려 얼마나 노력했는지를.

‘눈이 너무 높으셨지.’

공손천기는 사람 보는 눈이 높았다.

지나치다 싶을 정도로…….

그런 아버지가 선택한 소년이 눈앞에 있었다.

공손아리는 반짝거리는 시선으로 초류향을 훑어보았다.

그 모습에 초류향도 흥미가 동했다.

호흡을 고르고 정관법을 사용한 것이다.

* * *

“그 할망구가 여길 찾아왔다고?”

“예, 교주님을 만나 뵙고 싶다고 영락전에서 아까부터 기다리고 계십니다.”

공손천기.

그는 시큰둥한 얼굴로 사람들을 한 번 쓸어 보았다.

“내가 지금 이 시점에서 그 할멈을 꼭 만나야 하나?”

“그러실 필요 없습니다, 교주님.”

팔대 호법 중 한 명인 주상산이 곧장 대답했다.

그는 무슨 일이 있어도 교주의 편.

공손천기의 말 속에 이미 내키지 않아 하는 기색이 다분했기에 주상산 역시 그의 말을 거든 것이다.

하지만 보고를 올리고 있는 내총관 강창은 마른 입술을 혀로 적시며 빠르게 말했다.

"본 교에 남아 있는 최후의 신녀(神女)님이십니다. 노구를 이끌고 몸소 찾아오셨으니 한번 만나 뵈어야 할 것 같습니다."

"교주님 앞에서 신녀라니? 고작해야 무녀(巫女) 따위겠지. 착각하지 마라, 강창."

옆에서 지켜보고 있던 우규호 호법.

우 호법이 엄하게 말을 내뱉자 강창은 서둘러 말을 정정했다.

"예예. 제가 실수했습니다. 본 교에 남아 있는 최후의 무녀이십니다. 교주님, 부디 너그러운 마음으로 만나주셨으면 합니다."

공손천기는 강창을 물끄러미 바라보았다.

이 녀석은 사업 수완이 좋고 이래저래 뛰어난 녀석이었다.

하지만 관례나 관습이라는 것을 지나치게 좋아하는 단점이 있었다.

하나 아무리 강창이 고지식한 면이 있어도 그렇지 이 정도까지 상관의 기분을 언짢게 할 녀석이 아니다.

분명히 다른 무언가가 있는 것이다.

"또 예언인가 뭔가를 한 건가, 그 요사스러운 할망구가?"

"……."

강창은 곧장 대답하지 못했다.

그 곤란해하는 모습에 공손천기는 한숨을 내쉬었다.

"그 할망구가 이번에는 내 목숨 가지고 예언이라도 한 모양이구만. 자네가 이러는 걸 보니까."

정곡을 찌른 것일까.

강창은 하얗게 질린 얼굴로 고개를 조아렸다.

"……소인은 그저 교주님의 안위를 염려할 따름입니다. 신…… 아니, 무녀의 예언은 지금까지 단 한 번도 빗나간 적이 없습니다."

교주는 심드렁한 얼굴을 해 보였다.

"여태껏 운이 좋았던 모양이군. 하지만 그것도 끝이다. 내 목숨을 가지고 왈가왈부했다면 말도 안 되는 도박을 한 셈이지. 차라리 잘되었다. 멍청한 할망구."

하나 교주의 말과는 다르게 이 대전 안에 모여 있는 모두의 얼굴은 딱딱하게 굳어 있었다.

그들 역시 알고 있었다.

무녀의 신탁이 그동안 얼마나 높은 적중률을 보였는지.

그녀의 힘이나 위세는 전혀 두려워하지 않았지만 그 예언만큼은 인정해 왔던 터였다.

이윽고 그들의 얼굴에 한결같이 걱정스러워하는 기색이 어렸다.

여기 모여 있는 인물들 모두가 교주의 안위를 걱정하는 것이다.

역대 최강의 교주.

거기에 더해 공손천기에게는 사람을 끌어당기는 묘한 마력이 있었다.

그들 입장에서는 절대로 잃고 싶지 않은 사람인 것이다.

"뭐야? 다들 그 할망구의 헛소리를 믿는 거야?"

"……한번 만나보시는 것도 나쁘지 않을 것 같습니다. 교주님."

주상산조차도 조심스럽게 태도를 바꾸자 공손천기가 얼굴을 찡그렸다.

"그런 쓸데없는 예언 따위 믿지 마. 나 안 죽는다. 이렇게 건강한 거 안 보여?"

교주가 직접 팔뚝을 걷어서 젊은이의 그것처럼 울끈불끈한 근육을 보여 주자 우호법과 주상산은 동시에 한숨을 내쉬었다.

"교주님, 저희 진지합니다. 그 할망구가 정말로 그런 예언을 했다면 이건 쉽게 넘어갈 수 없는 문제입니다."

"쯧, 자네들은 걱정이 너무 많아. 재미없군."

공손천기는 소매를 내리며 심드렁한 얼굴로 몸을 일으켰다.

대전을 나가려는 것이다.

그 모습에 강창이 서둘러 말했다.

"교주님, 제발 부탁드리겠습니다. 그다지 내키지 않으시겠지만 무녀를 한번 만나 주십시오. 해결 방도가 있다고 합니다."

강창이 애끓는 마음으로 읍소하자 공손천기가 한숨을 내쉬었다.

귀찮은 걸 싫어하고 번거로운 일을 병적으로 멀리하는 공손천기였지만 수하들을 진심으로 걱정시키는 일은 더더욱 하지 않는 그였다.

그리고 이제 와 문득 생각해 보니 슬슬 그 할망구와 담판을 짓긴 지어야 했다.

번거롭다고 일을 너무 뒤로 미뤄둔 것이다.

"좋아. 한번 만나 주지."

"감사합니다, 교주님."

"하지만 그 예언 따위를 믿어서가 아니야. 나는 그런 말은 믿지 않거든. 이번에 만나려는 것은 그 할망구가 다시는 이런 사특한 헛소리를 하지 못하게 하기 위함이다."

"알겠습니다."

강창은 이유야 어찌 되었든 기뻐하는 표정을 지어 보였다.

맨 처음 무녀의 예언을 듣자마자 그 해결 방법을 알아내려고 백방으로 노력했지만 무녀는 절대로 입을 열지 않았다.

교주가 직접 찾아와야만 그 방법을 알려 준다고 고집을 피웠던 것이다.

그랬기에 어쩔 수 없이 이렇게 교주님을 만나 간청드린 것이다.

"우 호법."

"예, 교주님."

"주 호법과 함께 내 제자 녀석 즉위식 준비나 제대로 해 줘. 이번 년의 제일 중요한 행사니까 차질 없도록 하고. 내총관은 강호 정세에 대한 보고서를 짜 오도록 해."

"알겠습니다."

공손천기는 그렇게 명령을 내린 후 썩 내키지 않는다는 얼굴로 영락전을 향해 걸어갔다.

천마신교는 앞에서도 몇 번 언급했지만 종교적인 색채가 강한 집단이다.

오래전부터 그들은 신(神)이라는 불명확한 존재를 믿어 왔다.

태양과 달.

천마라는 걸출한 교주가 등장하기 전까지 천마신교의 정식 명칭은 일월신교(日月神教)였다.

하늘에 떠 있는 태양과 달을 믿는 종교였던 것이다.

하나 천마가 등장한 이후로 모든 교리가 완전히 바뀌어 버렸다.

천마가 그들을 전혀 새로운 세상으로 인도한 것이다.

여기에서부터 일월신교에는 커다란 모순이 생겼다.

일월신교는 오래전부터 신의 대리자라는 교주가 존재했었다.

하나 그와 마찬가지로 막대한 권력을 가지는 존재가 있었다.

절대적인 힘의 상징인 태양에 해당하는 것이 교주였고, 신의 목소리를 전파하는 달의 상징, 그것이 바로 신녀였다.

그녀는 매우 특별했다.

매해 신녀는 신탁(神託)을 받아 중요한 예언을 하고 해마다 두 번씩 커다란 제사를 지내 왔다.

그랬기에 교주와 비견되는 절대 권력을 가지는 존재가 신녀였던 것이다.

그러나 이것은 천마가 교주가 되면서 엉망진창이 되었다.

천마는 멀리 떨어진 곳에 있는 태양과 달을 믿는 것이 아니라 그 자신을 믿는 종교로 신교를 탈바꿈해 버린 것이다.

본인 자체가 살아 있는 신이 되어 버렸다.

그리고 그에게는 그럴 만한 자격이 있었다.

압도적인 힘으로 수십 배의 적들을 몰아냈고, 낙원이라 불리는 십만대산을 직접 만들었기 때문이다.

일월신교는 그때부터 천마신교라는 이름으로 바뀌게 되었다.

덕분에 신녀라는 존재가 공중에 붕 떠 버리게 된 것이다.

하나 이것에 대해 지난 몇백 년 동안은 아무도 의문을 제기하지 않았다.

적어도 공손천기가 교주가 되기 전까지는 아무런 문제가 없었던 것이다.

하지만 공손천기가 교주가 되면서부터 이 상식은 완전히 박살 나 버렸다.

"신은 나 하나로 족해. 두 명은 필요 없지."

교주의 즉위식.

교주가 되던 그때 공손천기는 수많은 교도들 앞에서 저렇게 첫마디를 내뱉었다.

그리고 그는 그 수많은 교도들 앞에서 멍청하게 굳어 있는 신녀의 지팡이를 빼앗아 가루로 만들며 말했다.

"신녀라는 건 이제 필요 없다. 존재 자체가 무용지물이지."

그 후 연이어 신녀의 상징이었던 커다란 왕관을 벗겨내며 말했다.

"죽이지는 않겠다. 다만 너는 앞으로 후계자를 거둘 수 없다. 네 대에서 신녀라는 존재는 끝이다."

그렇게 선포했던 것이다.

그때부터 신녀는 한낱 무녀로 전락하고 말았다.

공손천기는 영락전의 대문 앞에 서서 턱을 한 번 쓰다듬었다.

'그러고 보니 그때 이후로 처음이군.'

어떤 얼굴을 하고 있을까?

그 사건 이후로 몇십 년 동안 단 한 번도 외부 행사에 나오지 않았던 할멈이다.

알아서 숨죽이고 잘 살고 있었다고 여겼는데 너무 쉽게 생각했던 걸까?

"뭐, 만나 보면 알겠지."

공손천기가 손짓하자 영락전의 거대한 대문이 소리 없이 열렸다.

그리고 그 안에 주름투성이 노파가 공손한 태도로 일어서 있었다.

"오셨소이까, 교주."

"오랜만이야, 할멈."

공손천기와 신녀.

오랜 앙숙으로 알려진 둘의 만남은 그렇게 생각보다 평온하게 시작되었다.

*　*　*

린은 기척을 죽이고 접근하다가 망설였다.

소군주님이 처음 보는 사람과 이렇게 자연스럽게 이야기를 나눈 적이 있었던가?

급하게 기억을 더듬어 보았지만 한 번도 없었던 것 같았다.

그런데 지금 이 좋은 분위기를 자신이 망쳐도 되는 걸까?

그럴 자격이 과연 있는 걸까?

린의 마음속에서 번뇌가 폭풍처럼 휘몰아쳤다.

'으으, 이걸 어떻게 하지?'

저 멀리 인공 연못 반대쪽을 린은 힐끔 쳐다보았다.

그녀의 감각에는 느껴지지 않았지만 분명히 저쪽 어딘가에서 초혜정주가 지켜보고 있을 것이다.

그 서늘한 눈빛과 다시 마주할 용기가 도저히 생기지 않았다.

린은 이래저래 고민하다가 결국 아랫입술을 깨물며 마음을 굳혔다.

더 늦으면 정말 일이 커질지도 모르기 때문이다.

"이화궁의 린이 소군주님을 모시러 왔습니다."

그녀가 갑작스럽게 어둠 속에서 등장하자 공손아리는 흠칫하며 놀라는 얼굴을 해 보였다.

"린……."

공손아리가 입을 열어 무어라 말하려 할 때 린이 먼저 선수를 쳤다.

"……더 늦어지면 궁에 계신 어르신들이 걱정하실 겁니다. 소군주님."

곤란한 표정.

공손아리는 길 잃은 강아지 같은 표정으로 린의 얼굴을 바라보다 곧 풀죽은 모습으로 초류향을 향해 고개를 돌렸다.

"아무래도 돌아가 봐야겠어요."

"……."

초류향은 별다른 말을 하지 않았다.

그녀와의 만남은 제법 신선했지만 그뿐이다.

'다른 곳에 신경을 쓸 여유는 없다.'

초류향은 그렇게 흔들리던 마음을 다잡았다.

공손아리를 보면 괜히 마음이 싱숭생숭해지는 것을 느꼈기 때문이다.

안경을 다시금 고쳐 쓰며 초류향은 린과 공손아리를 바라봤다.

공손아리의 머리 위에 떠 있는 숫자.

'칠십삼…….'

과연 피는 속일 수 없는 모양이다.

공손아리.

그녀의 잠재력은 칠십삼이라는 어마어마한 수치였던 것이다.

'그리고…….'

초류향은 주변을 둘러보며 볼을 긁적였다.

모르고 있었는데 주변 곳곳에 어마어마한 사람들이 은신한 채 숨죽이고 있었던 것이다.

아마도 이 정원을 지키는 사람들인 모양이었다.

그들 중에서도 유달리 눈에 띄는 수치를 보여 주는 사람.

'누구지?'

초류향의 관심은 공손아리보다 그 사람에게 쏠려 버렸다.

나무 위에서 은신한 채 숨죽이고 있는 사람.

회색의 장포를 전신에 감싸고 있는 그 사람은 이곳에 있는 그 누구보다도 압도적으로 높은 수치를 보여 주고 있었다.

'팔십이라…….'

누굴까?

호기심이 일었다.

그때 공손아리가 자리에서 일어나더니 팔목에 매어 놓았던 팔찌를 풀었다.

"만나서 반가웠어요. 초류향 님. 이건 선물이에요."

초류향은 그 팔찌를 물끄러미 바라보았다.
흑색의 옥으로 엮어 만든 팔찌.
척 보기에도 고급스러워 보였다.
그것을 보던 초류향은 고개를 들어 공손아리를 응시하며 말했다.
"내가 그쪽에게 이것을 받을 이유가 없다."
공손아리는 고개를 저었다.
"아니에요, 이유는 충분해요."
"뭐지?"
"아빠의 제자라고 하셨지요? 그럼 저에게는 가족이나 마찬가지예요."
"……."
초류향이 과연 그것이 이유가 되는 것일까 고민하고 있을 때.
공손아리가 고개를 살짝 숙이며 말했다.
"아빠의 제자가 되어 주셔서 감사합니다, 초류향 님. 저희 아빠를 잘 부탁드릴게요."
도대체 어떻게 반응해야 할지 몰라 멍하니 선 채 굳어 있는 사이 공손아리가 억지로 팔찌를 건네주며 웃었다.
"그럼 다음에 또 만날 수 있으면 좋겠어요."
"……."
초류향은 그 말을 마지막으로 재빠른 걸음으로 사라지는 공손아리를 조용한 시선으로 바라보았다.
그러다 정신을 차리고 시선을 돌려 나무 위를 응시했다.
그곳에는 회색 장포의 사내가 그를 내려다보고 있었기 때문이다.

눈이 마주치자 회색 장포의 사내.

그의 시선에 강한 불신감이 떠오르는 게 보였다.

'내가 보인다?'

초혜정주.

그는 머릿속에 떠오르는 생각에 급하게 고개를 저었다.

그럴 리가 없었다.

교주를 제외하고선 그의 은신을 간파할 수 있는 사람은 신교에 없었으니까.

팔대 호법의 최강자라는 우 호법과 주 호법조차도 그가 방심하지 않는 한 그의 은신을 꿰뚫어 볼 수 없었다.

초혜정주.

그는 세상에 알려지지 않은 화경의 고수였던 것이다.

'그런데 저 시선은…….'

분명히 그가 있는 곳을 뚫어져라 바라보고 있지 않은가?

불가능한 의심이 마음속에서 고개를 쳐들었다.

초혜정주가 갈등하고 있을 때 초류향이 입을 열었다.

"그쪽과 이야기가 하고 싶은데."

"……!"

"내려와 줄 수 있겠습니까?"

초혜정주는 순간 자신도 모르게 입을 벌렸다가 다물었다.

그의 말도 안 되는 의심이 들어맞았던 것이다.

* * *

"린, 어땠어? 조금 전에 나 이상했어?"

"예. 이상했습니다."

"정말? 어쩌지? 그럼 큰일인데……."

"……."

린은 당황한 공손아리를 보면서 곧장 대답하지 않았다.

그저 씁쓸한 얼굴을 해 보일 뿐이었다.

초혜정을 나올 때부터 붉게 상기된 공손아리의 얼굴은 아직도 식을 줄 몰랐다.

그 이유는 너무도 분명했다.

너무 분명해서 지켜보는 이쪽이 당황스러울 정도니까.

린은 공손아리를 바라보며 불쑥 입을 열었다.

"반하셨나요?"

공손아리는 순간 모든 행동을 정지하고 린을 바라보았다.

"어어? 그게 무슨 말이야?"

"초류향 님에게 반하셨어요?"

린의 연속된 질문에 공손아리는 멍한 표정을 지어 보였다.

"이게 반한 건가……. 잘 모르겠어……."

"흐음……."

린은 갈팡질팡 갈피를 못 잡는 공손아리를 바라보며 살짝 걱정스러워하는 기색을 내비쳤다.

사람과 사람 사이의 관계를 유달리 어색해하고 무서워하는 공손아리였다.

그런 그녀가 방금 초류향에게 보여 준 행동과 말은, 처음 만난 그는 모르겠지만 전부 대단한 용기가 필요한 것들이었다.

'부디 보답 받으면 좋겠지만…….'

공손아리에게 있어서 자신의 시선을 피하지 않고 똑바로 마주쳐 온 사람은 아마 초류향이 처음일 것이다.

그것 때문에 더더욱 이런 극적인 반응이 나오는 것이겠지만…….

"날 싫어할까?"

풀 죽은 음성.

린은 그런 공손아리를 바라보며 입을 열었다.

"그럴 리가요. 소군주님을 싫어할 사람은 없어요."

린은 달려오느라 헝클어진 공손아리의 금빛 머릿결을 가볍게 다듬어 주며 말했다.

"소군주님은 세상 그 누구보다도 아름다우시잖아요? 자신감을 가지세요."

"고마워, 린."

하얗고 가지런한 치아를 보이며 환하게 웃는 공손아리에게 린은 마주 웃어 주었다.

"그런데 그분의 어디가 좋으신 거예요?"

린의 지나가는 질문에 공손아리는 진지하게 생각했다.

어디가 마음에 든 것일까?

잠시 고민하던 공손아리는 린을 보며 대답했다.

"눈. 눈이 그렇게 예쁜 사람은 처음 봤어."

린은 공손아리를 보며 눈을 가늘게 떴다.

그리고 능청스럽게 웃으며 말했다.

"정말 반하긴 하신 모양이네요."

"어? 어어?"

공손아리가 그제야 당했다는 것을 알게 되었지만 린은 그녀를 빠르게 앞질러 가며 말했다.

"잘 되었네요. 여자는 사랑을 하면 예뻐지거든요. 소군주님은 지금보다 더 예뻐지실 거예요."

"린!"

다급한 음성.

린은 슬쩍 웃으며 대답했다.

"다른 사람들에게는 비밀로 해 줄게요. 소군주님."

"정말?"

"네. 대신 제 말을 잘 들으셔야 해요. 아셨죠?"

"응."

공손아리는 린에게 안기며 얼굴을 부비적거렸다.

그런 공손아리를 토닥여주며 린은 진심으로 그녀를 도와주기로 결심했다.

* * *

"이 늙은이가 하는 예언이라는 것을 믿지 않으시겠지요, 교주는."

"물론. 믿을 리가 없지."

공손천기의 대답은 단호했고, 당당했다.

예상했던 것일까?

무녀는 조금도 서운해하거나 당황하지 않았다.

오히려 흐릿하게 웃으며 대답했다.

"그럴 줄 알았소, 교주. 그대는 그런 사람이니."

신녀.

한때 그렇게 불렸던 노파는 입술을 몇 번 우물거리더니 이윽고 말을 꺼내기 시작했다.

"사람들이 뭐라 오해하건 난 교주가 그다지 싫지 않았소. 오히려 고마워했지. 알고 계셨소?"

공손천기는 신녀를 바라보며 피식 웃었다.

"알고 있어."

"하면 젊었을 적부터 내가 그대를 쭉 사모했던 것도 알고 계셨소?"

다소 논점에서 벗어난 엉뚱한 질문.

공손천기는 턱을 쓰다듬으며 태연하게 웃었다.

"그렇게 노골적으로 쳐다보는데 모를 리가 없지."

신녀는 웃었다.

몇십 년이 지나서야 오랫동안 숨겨 놓았던 감정을 솔직하게 말할 수 있었던 것이다.

후련했다.

"세월이 흘러서 좋은 게 있긴 있구려. 죽을 때까지 말하지 못할 것이라 생각했소. 부끄러웠거든."

신녀는 말을 하며 공손천기의 얼굴을 물끄러미 바라보았다.

그리고 말했다.

"어린 나이에 신녀가 된 나는 이 직책이 무척 싫었소. 직위만 높았지 무엇 하나 내 마음대로 할 수 있는 게 없다시피 하지 않았소? 오히려 할 수 없는 게 더 많았지. 갑갑한 삶이었소. 그 고통의 사슬을 그대가 끊어 주었지. 고맙게 생각하고 있소."

"나 역시 꼭 필요한 일이었기에 한 거야. 할멈이 고마워해야 할 이유가 없어."

신녀는 미약하게 고개를 끄덕였다.

당시 너무 젊은 나이에 교주가 된 공손천기였다.

약간 불안정했던 교주 자리를 단단히 다지려면 신녀라는 존재는 밀어낼 수밖에 없었을 것이다.

신녀는 자신의 주름투성이 손을 내려다보며 입을 열었다.

"무공이라는 건 참으로 불공평하구려. 그대는 과거와 별반 달라지지 않았는데 나는 이렇게 늙고 병들어 죽음을 앞두고 있으니…… 참으로 억울하다는 생각이 드오."

공손천기는 별다른 대꾸를 하지 않았다.

그저 한참 동안 신녀를 바라보다 얼굴을 찡그렸을 뿐이다.

신녀의 미간 사이에 거뭇한 기운이 서려 있었다.

너무도 선명한 죽음의 기운.

"정말 죽어 가는군."

신녀는 긍정했다.

"아마 길어야 보름 정도일 게요."

"그것도 예언인가?"

예언이나 신탁.

이런 것은 단어 그 자체만으로도 강한 거부감이 드는 공손천기였다.
당연히 마땅치 않은 표정을 지었다.
신녀는 그런 공손천기를 보다 빙그레 웃으며 대꾸했다.
"흘흘, 그 표현이 마음에 들지 않으면 삶의 지혜라고 해 둡시다."
"삶의 지혜라, 그건 그다지 나쁘지 않은 표현이구만."
공손천기는 앞에 놓인 차를 입가로 가져가며 불쑥 말했다.
"생각해 보면 꽤 괜찮은 여자였어, 할멈은."
"고맙구려."
"내 눈이 높은 걸 원망하도록 해."
신녀는 공손천기를 바라보며 기분 좋게 웃었다.
"흘흘, 그래도 설마 색목인을 좋아할 줄은 생각지도 못했소."
"아아, 정말 죽이는 여자였지. 내 인생 최고의 여자였거든."
공손천기가 엄지손가락을 치켜세우며 흐릿하게 웃자 신녀도 마주 웃어 주었다.
당시 천마신교 내부에서 엄청난 반대가 있었지만 그 무엇도 공손천기의 의지를 꺾을 수는 없었다.
색목인과의 혼례는 그때의 상식으로는 너무도 파격적인 일이었던 것이다.
그것도 그 자체가 천마신교의 상징이라고 할 수 있는 교주.
그가 그런 결정을 한 것은 역사적으로 전례가 없던 일이었다.
하지만 결국 강행했다.
교주는 진심이었던 것이다.
"그 색목인 나라의 언어를 배우고 그 나라의 생활 습관을 배우는 교주의 모습은 신선한 감동이었소. 모든 걸 처음부터 다시 시작해야 했지만 그래도 행복해 보였소. 교주."

"아아, 행복했지."

공손천기는 말을 하며 입맛을 다셨다.

비록 그 기간이 짧았지만 아쉬움을 남기지 않을 만큼은 되었다.

충분히 만족했다.

그리고 세상 그 무엇과도 바꿀 수 없는 소중한 것을 주고 가지 않았던가?

살짝 회상에 빠져 있는 그를 바라보며 신녀가 불쑥 말했다.

"난 말이오, 겉으로 마음을 드러내지 못했지만 그대를 보면 하루하루 그럭저럭 견딜 만했소. 삶의 유일한 낙이었지."

공손천기는 턱을 괴고 신녀를 바라보며 히죽 웃었다.

"늙어서 주책이로군. 그런 여자들이 어디 한둘이었겠나?"

신녀는 툴툴 웃었다.

과거나 지금이나 공손천기의 이 뻔뻔함은 변한 것이 없었다.

"날 여기에 부른 것을 보니 죽기 전에 제 할 말을 다 하고 가겠다는 속셈인 거 같은데 오늘만 특별히 봐주지. 비겁한 할망구."

신녀는 고개를 끄덕였다.

그리고 여태까지처럼 가벼운 얼굴이 아닌 진지한 얼굴로 허리를 꼿꼿이 세운 후 입을 열었다.

"죽기 전에 노파심에서 하는 늙은이의 잔소리라 생각하고 잘 들어주시오. 교주."

"또 노파심이라……. 삶의 지혜 같은 건가?"

공손천기는 느슨한 얼굴로 몸을 의자에 파묻으며 신녀를 바라보았다.

신녀는 고개를 끄덕이며 말했다.

무어라 생각하든 상관없었다.

그녀의 목적은 교주가 그녀의 말을 듣고 한 번이라도 경각심을 가져주는 것.

그것만으로도 충분했으니까.

"열흘 전에 신탁이 내려왔소. 그대는 믿지 않겠지만."

"흐음……."

신탁이라는 것은 참으로 불명확한 것이다.

애초에 신이라는 것도 이미 애매해진 마당이 아닌가?

해와 달을 믿던 일월신교에서 천마를 믿는 천마신교로 이름이 바뀐 그 순간부터 신이라는 존재는 이미 유명무실해진 것이다.

그런데도 신탁이 내려왔다?

어디서부터 내려오는지도 모르는 그것을 믿으라는 건가?

하지만 공손천기는 입 밖으로 그런 불평을 내뱉지 않았다.

신이라든가 신탁이라든가 하는 건 애초에 믿지 않는다.

하지만 눈앞에 있는 노파의 단순한 걱정 정도라면 들어줄 용의가 있었다.

"북쪽에서부터 어둠이 찾아올 거요. 그것은 꽤나 거대한 위험이오. 교주."

"북쪽이라……."

북쪽에 뭐가 있었더라?

교주가 잠깐 머릿속을 뒤적여 보고 있을 때 신녀가 말했다.
"북쪽의 어둠은 눈에 보이지 않지만 이미 지척까지 다가와 있으니 경계해야 할 것이오. 그들은 교주조차도 목덜미를 물릴 수 있을 만큼 사납소."
공손천기는 웃었다.
그가 생각하기에 스스로를 위협할 수 있는 것은 시간밖에 없었다.
노쇠.
시간의 흐름 때문에 육체가 무너지고 서서히 죽어 가는 것은 제아무리 공손천기라 해도 어찌할 수가 없었다.
하나 그것을 제외하고 그의 목숨을 노릴 수 있는 것은 천하에 없다.
그것을 누구보다도 잘 알고 있을 신녀가 아닌가?
그런 신녀가 하는 예언이기에 공손천기에게는 제법 색다른 즐거움으로 다가왔다.
"재밌군."
늘 칼날 위를 걷는 것이 강호인들의 삶이다.
정도맹의 세력이 크게 위축된 지금.
당금 천하에 천마신교의 적수는 없다고 해도 과언이 아니었다.
그런데도 경계해야 한다?
애초에 신탁이라는 것은 믿지 않지만 이건 제법 흥미를 돋우는 예언이 아닌가?
"어느 정도의 어둠일지 기대해 보지. 할멈."
신녀는 웃었다.
이것이면 되었다.

교주가 한 번 정도 머릿속에 경각심을 가지는 것만으로도 충분했다.

그녀가 알고 있는 교주라면 신탁은 물론, 그것을 내린 신마저도 부숴 버릴 만큼 강한 사람이니까.

그런 그가 사전에 위험한 존재를 알고 있다면 충분히 대응할 수 있을 것이다.

"흘흘, 이제야 안심하고 죽을 수 있겠소."

공손천기는 찻주전자를 기울여 신녀의 비어 버린 찻잔에 차를 따라 주며 말했다.

"좋은 곳으로 가길 빌어 줄게, 할멈."

그것으로 끝이다.

서로 간에 더 이상의 말은 불편할 뿐이었다.

공손천기와 신녀의 만남은 이것이 마지막이 되었다.

정확히 보름 후 신녀가 죽었던 것이다.

모든 것은 그녀의 예언 그대로였다.

第九章

초혜정주와 만나다

소년은 피로 얼룩진 손등을 혀로 핥았다.
비릿한 쇠붙이맛과 함께 아릿한 통증이 전해져 왔다.
그러고 보니 소년은 전신에 상처가 없는 곳이 없었다.
성한 곳이 하나도 없는 것이다.
그래도 소년은 웃었다.
피 칠갑을 한 채로 실성한 것처럼 웃어 댔다.
기뻤다.
어쨌든 살아남았다.
이 지옥 속에서.
동료들의 시체들을 짓밟고 최후까지 살아남은 것이다.
그르릉—

갑자기 석벽의 한쪽 면을 막아 놓았던 거대한 돌이 움직이며 빛이 새어 들어왔다.

소년은 손을 들어 그 빛을 막았다.

어둠에 익숙해진 눈이 서서히 빛에 적응하기 시작했다.

"이놈인가?"

"예. 어르신."

"과연, 제법 쓸 만하구먼."

"이 생사옥(生死獄)을 최단 기간에 돌파한 놈입니다. 근골도 약제당에서 보증했을 정도로 최상급이지요."

"호오?"

소년은 밖에 있는 사람들이 누구인지 몰랐다.

아니, 사실 소년이 알 필요도 없었다.

"이름이 뭐지? 꼬마."

소년은 질겅거리며 씹고 있던 내장 조각을 바닥에 뱉어내며 대답했다.

"일천구백팔십사 호."

이름 같은 건 잊어버린 지 오래되었다.

이 지옥에서 살아남기 위해선, 이름이나 추억 따위는 제일 먼저 쓰레기통에 버려야 했으니까.

"클, 눈빛이 아주 마음에 드는군. 좋아, 이놈으로 하지. 교주님께서도 좋아하셨으면 좋겠구만."

"이놈이 안 된다면 저로서도 이제 보여 드릴 녀석이 없습니다, 어르신."

"걱정 마라. 이번에는 반드시 좋은 결과가 있을 테니까."

노인은 흡족한 얼굴로 거의 헐벗은 소년에게 다가갔다.

소년은 순간 움찔거리며 손에 들고 있던 검을 본능적으로 휘둘렀지만 노인에게는 아무 소용이 없었다.

땅—

"크!"

소년의 검은 정통으로 노인의 목을 베었지만 낭패를 당한 것은 오히려 소년이었다.

손아귀가 찢어진 듯 피를 흘리며 주춤주춤 물러서는 소년에게 노인이 말했다.

"쯧, 교주님께 데려가기 전에 먼저 예의를 가르쳐야겠구나. 이건 원, 숫제 짐승과 다름이 없지 않느냐?"

"교정하겠습니다."

노인 뒤에 서 있던 사내.

그는 음침한 표정으로 허리에 매어져 있던 채찍을 꺼내 들며 말했다.

"사흘 뒤에 와 주시면 되겠습니다. 어르신."

"알겠네. 자네만 믿지."

*　　*　　*

사흘 뒤 노인이 찾아왔을 때.

소년의 모습은 처음 봤을 때와 많이 달라져 있었다.

백색의 깔끔한 무복을 차려입고 단정한 모습으로 그를 향해 인사해 왔기 때문이다.

"지검당(地劍黨) 소속 백인대장 운휘(雲輝). 주상산 호법님께 인사드립니다."

지검당 소속 백인대장.

이것이 소년의 새로운 신분이었다.

"호오? 멀끔하니 제법 보기 좋은 모습이구나. 한데 운휘? 그것은 본명이냐?"

"……예."

"성은 기억나지 않느냐?"

"……그렇습니다."

너무 오래전에 불렸던 까닭에 이름도 간신히 기억하는 것이다.

"뭐, 좋다. 그거야 상관없겠지. 일단 나를 따라오너라. 교주님을 뵈러 가야 하니."

운휘는 등을 보이고 휘적휘적 걸어가는 주 호법의 뒤를 조용히 따라갔다.

앞으로 어떻게 될지는 몰랐지만 적어도 얼마 전처럼 경거망동하지는 않았다.

눈앞에 있는 노인을 비롯하여 그가 있는 이곳에는 괴물 같은 고수들이 즐비했기 때문이다.

그가 익힌 잔재주로 난리 치다가는 쥐도 새도 모르게 죽을 수도 있었다.

"이곳에 교주님이 계신다. 예의를 갖춰라."

"알겠습니다."

운휘는 심호흡을 하고 기다렸다.

성심전(聖心殿)이라 적힌 거대한 현판만큼이나 문 역시 거대했다.

쿠그그긍—

잠시 기다리자 문이 좌우로 열리고 그 안에 앉아 있는 교주의 모습이 드러났다.

천마신교 역사상 가장 강력한 권력을 손에 넣었으며 천마 이후로 역대 최강의 무력을 지닌 교주라 일컬어지는 사내.

"이 아이냐?"

공손천기.

그는 심드렁한 얼굴로 손님을 맞이했다.

"예. 생사옥을 최단기간에 돌파한 녀석입니다. 나이는 열여덟 살입니다."

"흐음. 더 어려 보이는데? 생사옥을 돌파하는 데 걸린 시간은?"

"석 달입니다."

"석 달? 과연 제법이네."

하나 말과는 달리 공손천기에게선 별다른 열의가 느껴지지 않았다.

그 모습에 마음이 조급해지는 것은 주상산.

주 호법이었다.

"자세히 한번 봐 주십시오, 교주님. 약제당이 보증한 근골을 가진 녀석입니다. 기본기를 철저히 다졌고, 재능도 있으니 교주님의 후계자로 들이기에 부족하지 않습니다."

"그래? 그럴지도 모르겠구만."

공손천기는 흐리멍덩한 눈을 들어 운휘를 바라보았다.

그 순간.

'어?'

운휘는 움찔거리며 뒤로 한 발자국 물러섰다.

운휘는 자신이 왜 그러는지도 모르는 채 순간 뒤로 물러서서 주변을 빠르게 두리번거렸다.

'뭐였지?'

운휘가 잔뜩 긴장한 얼굴로 주변을 살피고 있을 때 그때까지 별다른 반응이 없던 공손천기가 눈을 반짝이며 몸을 일으켰다.

"이번에는 제법 괜찮은 걸 가져왔군."

저 멀리 있었던 공손천기가 갑자기 운휘 바로 앞에서 불쑥 솟아났다.

운휘가 그 귀신 같은 움직임에 헛바람을 집어삼키고 있을 때.

공손천기가 지척까지 다가와 운휘를 내려다보았다. 그러다 그의 턱을 잡아당겨 이리저리 살피더니 이내 히죽 웃으며 말했다.

"확실히 그럴싸한 가능성이 보이는 놈이다. 보지도 못하는 주제에 느끼는 건 할 줄 아는 놈이라니……. 괴상한 놈이로구만. 하지만 재미는 있어."

"그, 그 말씀은……."

주 호법이 떨리는 얼굴로 무언가를 기대하는 얼굴을 할 때, 공손천기가 무언가를 보더니 혓바닥을 차며 고개를 저었다.

"그래도 많이 부족해. 게다가 잔가지를 너무 쳐 냈잖아? 가지가 너무 굵어져서 쓸모없게 되었다. 아쉽게 되었구만, 주 호법."

"크억! 그럴 수가!"

주호법이 절망적인 얼굴을 할 때. 그때까지 가만히 있던 운휘가 입을 열었다.

"제 어디가 교주님의 제자가 되기에 부족한 것입니까?"

"응?"

제법 당돌한 말투.

주상산이 얼굴을 찌푸리며 무어라 지적하려 할 때 공손천기가 고개를 끄덕였다.

"음, 아주 조금 모자라다. 그건 너 같은 애송이는 눈치채지도 못할 만큼 아주 미묘한 것이지. 하지만 그 차이는 절대적이야."

"고치겠습니다."

"고치기 힘든 문제야."

"고칠 수 있습니다."

운휘는 대답을 하며 교주를 똑바로 바라보았다.

타오를 듯 강렬한 안광.

그 안은 알 수 없는 강한 열기로 가득했다.

그것은 바로 욕망이었다.

"감히! 불경하다!"

주상산이 화난 얼굴로 그런 운휘를 향해 손을 쓰려 할 때 교주가 그 앞을 막은 후 말했다.

"아아! 너무 열 내지마, 주 호법. 그러다 쓰러져. 안 그래도 오늘

내일하면서 왜 그래?"

"하, 하나 저놈이 감히 지금 교주님 앞에서……."

"좀 기다려 봐. 어른스럽지 못하게 우리 이러지 말자."

공손천기는 씩씩거리는 주 호법을 옆으로 쭈욱 밀쳐 놓은 후 운휘에게 다가갔다.

그리고 말했다.

"지금 고칠 수 있다고 했느냐?"

"그렇습니다."

교주는 웃었다.

왠지 모르게 장난기가 느껴지는 웃음.

"제법이다. 사내라면 응당 그런 배짱이 있어야지. 좋아, 그럼 기회를 주마."

공손천기는 턱을 쓰다듬으며 입을 열었다.

"나와 내기를 하자, 애송아."

"무엇이 걸린 내기입니까?"

운휘의 질문에 공손천기는 집게손가락으로 바닥을 가리키며 말했다.

"천마신교. 니가 이기면 이걸 너에게 주마."

"교주님!"

주 호법이 빽 하고 소리칠 때.

공손천기가 그런 주 호법을 다시금 뒤로 멀찍이 밀어내며 말했다.

"나는 아주 통이 큰 사람이거든. 꼬마야. 내기를 하려거든 이 정도 판돈은 걸어야지. 안 그러냐?"

운휘는 곧바로 대답하지 않고 공손천기의 눈을 바라보았다.

장난기가 가득해 보이는 눈이었지만 그 안에는 숨길 수 없는 자부심이 가득했다.

그리고 그 자부심과 함께 무엇에도 굴복하지 않을 강대한 힘이 전해져 왔다.

'거짓말을 하는 사람이 아니다.'

운휘는 고개를 끄덕였다.

"하겠습니다."

"좋다. 기백이 살아 있구나. 그래야 사내지! 크하핫!"

공손천기는 하얀 치아를 드러내며 기분 좋게 웃었다.

"그럼 나의 밑천을 꺼내어 보여 주었으니 네 것도 보여 줘야겠지? 너는 이 내기에 무얼 걸겠느냐?"

운휘는 잠시 생각했다.

무엇을 걸어야 할까?

자신에게 과연 천마신교만큼의 가치가 있는 것이 있던가?

잠시 자신을 바라보며 싱글싱글 웃는 교주를 응시하던 운휘는 머릿속에 떠오르는 생각에 눈을 번쩍 떴다.

'하나 있다.'

운휘는 공손천기를 똑바로 바라보며 입을 열었다.

"전 저를 걸겠습니다."

"너를 걸겠다?"

"예. 제 남은 인생을 여기에 걸겠습니다."

운휘는 오른손으로 자신의 가슴팍을 팍하고 치며 당당하게 말했다.

공손천기는 그런 운휘를 물끄러미 바라보았다.

그러다 나직하게 웃었다.

"넌 너의 가치를 대단히 높게 평가하는구나. 천마신교는 그렇게 저렴한 곳이 아니다."

"……."

"하나 제법이다. 지금으로서 네가 걸 수 있는 건 그게 전부겠지. 정답에 가까운 것을 찾았으니 조금 손해 보는 셈 치고 받아 주마."

공손천기는 말을 끝내고 운휘의 바로 앞에 말없이 주먹을 내밀었다.

운휘가 의아한 얼굴을 하자 공손천기가 히죽 웃으며 말했다.

"남아일언(男兒一言:남자의 말 한마디)!"

운휘가 눈을 빛내며 공손천기의 주먹에 자신의 주먹을 부딪치며 말했다.

"중천금(重千金:천금의 무게가 있음)!"

그 모습을 지켜보며 주상산이 얼굴을 일그러뜨리고 있을 때.

공손천기가 말했다.

"아, 그러고 보니 우리 내기 내용을 말 안 했네?"

운휘도 아차 하는 얼굴로 고개를 끄덕였다.

"서로가 납득할 수 있는 것으로 하자. 어떠냐?"

"알겠습니다."

"기한은…… 음, 십 년 정도가 좋겠군. 그 정도의 가치가 있겠

지."

그렇게 해서 교주와 운휘의 십 년의 내기가 시작되었다.

그리고 그 내기의 결말은 운휘.

현 초혜정주의 패배였다.

*　　*　　*

'다 왔었다.'

조금만 더 시간이 있었으면 천마신교가 그의 손아귀에 들어왔을 것이다.

그런 생각 때문인지 초류향을 바라보는 초혜정주의 표정은 미묘하게 일그러져 있었다.

'저긴 본래 내 자리여야 했다.'

초혜정주는 아랫입술을 깨물었다.

소교주의 자리.

어쩌면 그가 저 자리에 앉을 수도 있었다.

그동안 교주 공손천기와 초혜정주 운휘는 총 세 번의 내기를 했다.

앞의 두 가지는 초혜정주가 이겼다.

하지만…….

"제법이다. 만약 십 년이 다 되는 그날까지 마땅한 제자를 구하지 못한다면 운휘, 너를 내 후계자로 삼겠다."

화경의 경지에 이르러 두 번째 내기를 이겼을 때.

공손천기가 그를 보며 했던 말, 즉 마지막 내기의 내용이 바로 저거였다.

초혜정주 운휘.

그는 심장이 뛰었다.

교주가 처음으로 자신의 이름을 불러 주었기 때문이다.

그래서 이 마지막 내기는 무조건 자신이 이긴 것이라고 생각했다.

한데 아니었다.

입 안을 타고 쓴맛이 감돌았다.

교주와 약속했던 십 년이 불과 일 년도 채 남지 않은 시점이었다.

날벼락도 이런 날벼락이 없다.

교주가 제자랍시고 외부에서 덜컥 데려온 이 꼬마를 대체 어떻게 받아들여야 하는 걸까?

『본의 아니게 내기에서 이기게 되었다. 너에게는 미안하구나.』

교주가 그를 보자마자 전음으로 저렇게 말을 하니 내심 울컥했다.

내기에서 진 것보다 미안하다는 말이 더 서운했던 것이다.

'한데 이런 꼬마가 정말 나보다 낫다는 건가?'

인정할 수 없었다.

아무리 들여다봐도 이 꼬마는 근골도 별로였고 선천적인 힘도 특별해 보이지 않았다.

그런데 대체 왜?

도대체 무엇을 보고 후계자로 덥석 결정했다는 말인가?

교주가 단순히 내기에서 이기기 위해 그러진 않았을 것이다.

그가 아는 교주는 절대 그런 소인배가 아닌 것이다.

'그럼 내가 못 보는 무언가가 이 꼬마에게 있다는 건가?'

이게 결론이었다.

운휘는 어금니를 꽉 깨물었다.

진실을 파헤쳐 내야 했다.

그래서 교주에게 당신이 잘못 본 것이라고 가서 따져야 했다.

'반드시 찾아내겠다.'

과거에는 모르겠지만 지금의 운휘에게는 사실 천마신교의 교주 자리는 별 관심의 대상이 아니었다.

단지 마음속으로 이미 스승님이라 생각했던 교주와 멀어지는 게 두려울 뿐이었다.

운휘는 자신을 부른 초류향을 응시하다가 속으로 한숨을 내쉬며 바닥으로 내려와 부복했다.

이 꼬마는 정말 놀랍게도 그의 은신을 정확하게 파악한 것이다.

"초혜정주라 합니다, 소공자님. 인사가 늦었습니다."

"고개를 들어도 됩니다."

초혜정주는 고개를 들어 초류향을 바라보았다.

조금 전까지 여러 감정이 엉켜 있던 초혜정주의 눈빛은 어느새 얼음장처럼 차분하게 가라앉아 있었다.

내심을 겉으로 드러낼 정도로 어수룩한 사람이 아니기 때문이다.

"묻고 싶은 게 있습니다."

"하명하십시오. 소공자님"

확실히 이 꼬마는 무언가 있긴 있는 놈인가 보다.

그의 은신을 이렇게 쉽게 간파했다는 것 자체가 이미 만만히 볼 놈이 아니란 증거니까.

'그래도 인정하지 못한다.'

본인도 모르는 사이에 기척을 흘렸을 수도 있다.

초혜정주가 그렇게 생각하고 있을 때.

초류향이 주변을 두리번거리며 말했다.

"그쪽 사람들이 펼치고 있는 이 진법의 이름은 대체 뭡니까? 상당히 독특한 모양인데."

순간 초혜정주의 눈빛이 가늘어졌다.

진법?

설마 이 꼬마가 혈하멸천검진(血河滅天劍陣)까지 알아봤다는 말인가?

외부에 단 한 번도 노출된 적 없었던 검진을?

'그걸 알아볼 정도의 안목이 있다고? 이런 꼬맹이에게?'

그건 정말 말도 안 되는 일이었다.

초혜정주의 눈이 다시금 복잡하게 변하든 말든 초류향은 주변에 은신해 있는 사람들을 살펴보며 생각했다.

'평상시에는 다섯 곳. 변형 시에는 일곱 군데 정도인가? 아니다. 더 되겠다.'

초류향은 눈을 반짝였다.

대략 백여 명에 가까운 사람들이 이곳에 은신해 있었고, 이들은 적과 맞닥뜨리게 되면 일정한 법칙에 따라서 폭풍처럼 움직일 것이 분명했다.

그리고 그 법칙의 변화를 좌우하는 변수들.

그 변수들이 생각보다 엄청나게 많았다.

'이건 굉장하다.'

초류향은 나뭇가지 하나를 주워 와 바닥에 무언가를 그리기 시작했다.

병영 진법과 일반적인 진법은 근본적으로 그 요체가 크게 다르지 않았다.

그래서 바닥에 이 병영 진법의 완성된 형태를 그려보며 그 움직임을 파악하려 한 것이다.

'무슨 짓을…….'

처음에는 꼬맹이가 뭘 하는지 잘 몰랐다.

그러다 잠시 후 초혜정주는 눈을 부릅떴다.

꼬맹이가 지금 바닥에 천천히 그리고 있는 것은 혈하멸천검진의 완벽한 파훼법이었기 때문이다.

파악—!

초혜정주는 초류향이 바닥에 그리고 있던 것을 발로 밟아 흩어 놓았다.

그리고 이글거리는 눈빛으로 초류향을 쏘아보며 생각했다.

'네놈, 대체 뭐 하는 놈이냐?'

第十章

이화궁

천마신교는 모든 권력 구조가 정점에 있는 교주에게 집중되어 있었다.

당연하게도 그런 천마신교에서는 오로지 교주만이 통제할 수 있는 직속 단체가 네 개나 존재했다.

교주의 직속 친위대인 마라천풍대(魔羅天風隊)와 소수지만 가장 강력한 힘을 지닌 호교원.

교내의 질서를 유지하며 불온분자들을 색출해내는 집법당.

그리고 이화궁이 있었다.

"이건 도저히 그냥 넘어갈 수 없는 문제다."

화려한 붉은색 궁장을 입고 있는 매혹적인 여인.

선명한 백옥빛 피부와 대비되는 붉은 입술.

거기에 더해 연보랏빛 머리칼은 신비로운 분위기를 연출하고 있었다.

그녀가 바로 현 이화궁의 궁주이자 강호에서는 화염마녀라 불리는 백소천(白素天)이다.

외관상 그녀의 외모는 이십 대 후반으로 보이지만 실제 그녀는 사십 대 후반의 나이었다.

화경의 경지에 들지 못했으면서도 어떻게 이런 마법 같은 일이 가능한 것일까?

그 이유는 바로 그녀가 가진 막강한 내공과 더불어 이화궁만의 특별한 주안술(朱顔術:어려 보이는 술법) 덕분이었다.

그 비법으로 인해 비록 세월이 흘렀지만 그녀는 변하지 않는 미모를 고스란히 유지할 수 있는 것이다.

"린."

"예. 궁주님."

"분명 아리의 감시를 너희에게 맡겼을 텐데? 책임자로서 변명할 말이 있느냐?"

"……죄송합니다, 궁주님."

입이 열 개여도 할 말이 없었다.

소군주께서 궁전을 빠져나간 것도 모자라 정식 절차도 밟지 않고 초혜정까지 다녀왔다.

이화궁의 입장에서는 체면이 말이 아니게 된 상황이었다.

남들이 보기엔 별것 아닌 것 같아도 이화궁이 가지는 폐쇄적인 특성상 이것은 상당히 큰 사건이었다.

이화궁.

그곳은 천마신교 십대 무력 단체들 중 하나이자 유일하게 여성들로만 이루어진 무력 집단이었기 때문이다.

"아리는 아직 어리다. 철이 없지."

"……."

"이번에야 다행히 무사했지만 만약 바깥에 나갔다 불미스러운 사건이라도 발생했으면 그 뒷감당을 누가 할 수 있겠느냐? 너는 감히 분노한 교주님을 감당할 자신이 있느냐?"

린은 백소천의 질문에 식은땀을 흘리며 고개를 숙였다.

소군주님은 교주님의 천금같이 귀한 딸이다.

너무 애지중지 키워서일까?

소군주님은 세상을 너무 밝게만 보고 계셨다.

바깥세상이 얼마나 험난한지, 또 남자들이라는 존재가 때에 따라 얼마나 거친 생물이 되는지 아직 모르는 것이다.

"본래대로라면 너희의 목을 베어 규율을 엄하게 세우는 것이 맞겠지만……."

백소천은 말끝을 흐리며 저 멀리 궁전 바깥 계단에서 바들바들 떨며 무릎 꿇고 앉아 용서를 빌고 있는 공손아리를 슬쩍 바라보았다.

"아리가 진심으로 반성을 한 것 같으니 너희들은 태형(笞刑:볼기짝을 맞는 형벌. 곤장) 정도로 용서해 주겠다."

"가, 감사합니다. 궁주님."

린은 속으로 안도의 한숨을 내쉬었다.

일이 그래도 아슬아슬하게 수습되었으니 망정이지 자칫 잘못했다간

더욱 큰일로 번질 뻔하지 않았던가?

이 정도로 끝난 것도 정말 하늘의 보살핌이라 생각되었다.

"가서 합당한 대가를 치르고 이번 일에 대한 반성을 하거라."

"존명!"

백소천이 손짓하자 주위에 자리하던 여인들이 포박당해 있는 린과 령을 끌고 궁전 바깥으로 사라져갔다.

그 모습을 멀리서 지켜보던 공손아리가 허둥거리며 쫓아가려 하자 그 앞을 백소천이 막아섰다.

"아리."

"네, 넷! 궁주님!"

공손아리가 바짝 얼어붙은 얼굴로 대답하자 백소천이 피식 웃으며 그녀의 볼을 쓰다듬었다.

"너로 인해 저들이 저런 곤란을 겪는 것이다. 잘 보아 두거라."

"네?"

공손아리는 어두운 곳에 있는 형벌대로 끌려가는 린과 령을 보며 두려운 얼굴을 해 보였다.

그 모습이 재미있어진 백소천이 작게 공손아리에게 속삭였다.

"태형은 내공을 사용하지 않고 맞으면 한 대만 맞아도 살이 터지고 근육이 상하지. 본 궁에서 가장 가벼운 형벌이긴 하나 태형 열 대면 족히 열흘 동안 요양하기엔 충분할 게다."

공손아리의 눈동자가 작게 흔들리기 시작했다.

그 겁먹은 사슴 같은 얼굴에 백소천이 알 수 없는 기쁨을 느끼고 있을 때 공손아리가 큰 결심을 한 얼굴로 입을 열었다.

"궁주님……."
"왜?"
공손아리는 공포심이 가득한 얼굴로 백소천을 응시하며 입을 열었다.
"애, 애초에 제가 잘못해서 벌어진 일이니 제가 대신 맞으면 안 되나요?"
백소천은 잠시 고민했다.
아니, 고민하는 척을 했다.
사실 이 모든 사달의 시발점은 바로 공손아리였다.
때문에 본래대로라면 그 책임은 공손아리가 지는 게 맞았다.
하지만…….
'그래서는 뒷감당이 안 되지.'
백소천은 속으로 쓰게 웃었다.
만약에라도 공손아리에게 똑같이 태형을 내린다면 교주의 분노를 피하기 어려웠다.
모든 일에 설렁설렁 느긋한 성격의 교주였지만 딸에게만은 예외였던 것이다.
그것을 누구보다도 잘 알고 있는 백소천이다.
"허락할 수 없다."
"어, 어째서 저는 벌을 받지 않는 건가요? 저희 아버지 때문인가요?"
이건 정곡을 찌르는 질문이었다.
하지만 그렇다고 시인해 버려서는 애초에 교육이 되지 않는다.
백소천은 흔들림 없이 냉담한 얼굴로 고개를 저었다.
"너는 저들이 네 대신 모든 책임을 지고 형벌을 받는 것을 처음부터 끝까지 지켜볼 의무가 있다. 그리고 그것이 너를 더 괴롭게 만들겠지. 그게 너에게 내리는 벌이다."

"……!"

"무슨 말인지 알겠느냐?"

공손아리가 망연자실한 표정을 떠올렸을 때.

백소천이 손짓했다.

"형벌을 집행해라."

*　　*　　*

공손아리는 아까부터 우왕좌왕하며 약과 붕대를 옮기고 있었다.

그리고 살이 터져서 흐물거리는 린과 령의 엉덩이에 고약을 발라 주며 물었다.

"린, 많이 아파?"

"예. 진짜 죽을 만큼 아파요. 엉덩이가 없어지는 줄 알았어요."

공손아리가 린의 대답에 자신도 모르게 작게 고개를 끄덕이며 중얼거렸다.

"지금도 엉덩이처럼 안 보이긴 해."

"……모두 소군주님 덕분이죠."

멍한 얼굴로 왔다 갔다 정신없이 약을 바르던 공손아리는 화들짝 놀라는 얼굴로 허둥거렸다.

"미, 미안. 화났어?"

"예."

“미안해, 린. 내가 정신이 없었어.”

“제 엉덩이에 사과하세요.”

“미안합니다. 미안합니다.”

공손아리가 송구하다는 얼굴로 린의 엉덩이에 고약을 세심하게 찍어 바르며 말하자 그 모습을 보던 령이 작게 칭얼거렸다.

“저도 아파요, 소군주님.”

“미안해. 금방 발라 줄게.”

공손아리는 재빨리 령의 침상으로 가서 고약을 바르며 똑같이 연신 사과를 했다.

린은 침상에 엎드린 채로 양쪽 엉덩이에 고약을 발라 주느라 분주하게 움직이는 소군주를 보며 피식 웃었다.

사실 이 정도 고통쯤이야 그녀나 령에게는 그다지 대수롭지 않은 일이었다.

곱게 자란 공손아리야 이렇게 피가 튀고 살점이 짓뭉개지는 장면을 보는 건 처음일 테지만, 령이나 린은 달랐다.

그녀들에게 이 정도는 아주 양호한 수준이었던 것이다.

강호라는 곳은 여인들에게조차 그리 호락호락한 곳이 아니었으니까.

살아남기 위해서는 무슨 짓이든 해야 하는 곳.

그곳이 바로 강호였다.

사실 그런 면에서 보자면 강호는 남자에게든 여자에게든 매우 평등한 곳이었다.

악착같이 강해져야 살아남을 수 있는 곳이었으니까.

린은 엉덩이가 점차 뜨끈해지는 느낌을 받으며 슬며시 눈을 감았다.

그러자 떠올랐다.

낮에 보았던 초혜정주의 섬뜩한 눈빛이.

그리고…….

'소교주님이라고 했었지?'

분명 초류향이라는 이름이었다.

하지만 아직 린이 보기엔 그저 솜털이 보송보송한 곱게 생긴 귀공자일 뿐이다.

아무리 봐도 그녀들이 살고 있는 이런 험한 세상에 어울릴 것 같지 않은 얼굴.

하지만 그 소년은 금세 강해질 것이다.

이 세상 그 누구보다도 더.

그랬기에 궁금했다.

'대체 어디서 왔을까?'

그 소년은 어디에서 온 것일까?

아무리 봐도 천마신교 출신 같아 보이지는 않았다.

문득 소교주가 어디에서 온 것인지 궁금해지는 린이었다.

*　　*　　*

사천성에는 수많은 표국(標局: 물건을 먼 곳까지 안전하게 날라 주는 일을 하는 가문이나 상회)이 있었고, 초류향은 그 사천성에 있는 표국 중 하나인 창천표국(蒼天標局).

그곳의 후계자였다.

창천표국은 근래에 들어 최대의 위기를 맞이하고 있었다.

"흑월회에서 정식으로 국주님을 만나 뵙길 요청하고 있습니다."

"저번에 내가 분명히 거절한다고 했잖소? 바쁘다고 전하시오."

창천표국의 대내외 업무를 총괄하는 허(許) 총관은 얼굴에 식은땀을 흘리며 말했다.

"이번에는 그때와 사안이 다릅니다, 국주님. 그때는 서신으로만 요청했었지만 이번에는 직접 배첩(拜帖:남을 방문할 때 내는 명함. 이것을 받고도 손님을 내치는 것은 사실상 절교를 선언하는 것으로, 자칫하면 원한관계가 될 수도 있음)을 가지고 사람이 찾아왔습니다."

"이 무례한 사파 놈들!"

쾅—!

창천표국의 국주인 초무령(草務令)은 결국 탁상을 거칠게 내려치며 자리에서 일어섰다.

상대가 이렇게 우격다짐으로 나온다면 이쪽 역시 예의를 갖출 필요가 없다.

"자, 잠깐만 진정하시지요. 국주님."

성큼성큼 걸어서 의전을 빠져나오던 초무령은 만류하는 허 총관을 보며 얼굴을 찡그렸다.

"왜 그러시오?"

"상대가 좋지 않습니다."

상대가 좋지 않다?

허 총관을 보던 초무령의 눈썹이 가운데로 모아졌다.

표국업을 하다 보면 자연히 수많은 무림인들과 부딪치게 된다.

그러다 보면 위험한 사람과 그렇지 않은 사람을 구별할 줄 알게 되고 차츰차츰 무림이라는 곳의 역량을 체감할 수 있게 되는 것이다.

허 총관은 사천성에 있는 그 누구보다도 무림이라는 세계에 대한 정보가 빠삭하다고 정평이 나 있었다.

그런 그가 이런 식으로 만류하는 것을 보면 무언가 있긴 한 모양이다.

"흑월회가 비록 거대 방파이긴 하지만 사천에서 그 영향력은 미미하오. 그들은 이곳에서 함부로 움직일 수 없지 않소?"

"물론 알고 있지요, 국주님."

허 총관은 잠시 몸을 사리며 작게 입을 열었다.

"그들이 무력을 쓴다면 근처에 도와줄 곳이 많으니 두려워할 필요가 없습니다만 머리를 쓴다면 경계할 필요가 있습니다."

"그게 무슨 말이오? 그들이 계략이라도 쓴다는 거요?"

허 총관은 조금 전보다 더더욱 몸을 낮추며 속삭거렸다.

"흑월회에는 어린 마녀가 하나 있습니다. 예전에 말씀드렸지 않습니까? 잊으셨습니까?"

"아……."

그러고 보니 나이는 어리나 머리 쓰는 재주가 비상한 계집아이가 흑월회에 있다는 이야기를 들었던 기억이 있다.

야황 냉무기의 손녀.

"……설마 그 아이가 직접 이곳에 온 것이오?"

"예, 국주님. 그러니 정신을 바짝 차리셔야 합니다. 무슨 의도로 이곳까지 온 것인지 모르겠지만 분명 좋은 의도는 아닐 듯싶습니다."

초무령은 고개를 끄덕였다.

기껏해야 어린 계집아이라고 만만하게 볼 수 없었다.

상대의 뒤에는 흑월회가 있고, 조금 더 구체적으로는 야황 냉무기가 있었던 것이다.

흑월회도 충분히 무섭지만 냉무기는 더 무서웠다.

그는 어떤 대화도 통하지 않는 죽음의 사신이기 때문이다.

"고맙소, 허 총관."

초무령은 흥분을 가라앉히고 일단 허 총관을 향해 읍을 해 보였다.

조금 전처럼 흥분한 상태로 그 계집아이를 만났다면 무언가 사달이 났을지도 모른다.

"별말씀을…… 이것도 전부 제가 해야 하는 일이지 않습니까? 국주님."

"든든하구려."

"그럼, 부디 무운을 빕니다."

초무령이 허 총관을 향해 고개를 끄덕이며 감사의 뜻을 표한 후 천천히 접객실로 들어갔다.

그곳에는 검은색 무복을 차려입은 붉은 머리칼의 소녀가 앉아 있었다.

놀랍게도 그녀는 혼자 있었다.

"처음 뵙겠습니다. 냉하영이라 합니다."

자리에서 일어서며 공손하게 인사하는 냉하영을 보고 초무령 역시 신중한 얼굴로 마주 읍했다.

"본 표국의 국주를 맡고 있는 초무령이라 하오."

"만나서 반갑습니다. 초 국주님."

"일단 자리에 앉아서 이야기합시다."

초무령이 자리를 권하자 냉하영은 편하게 의자에 앉으며 입을 열었다.

"국주님께서는 제가 이곳에 와 있는 게 불편하시겠지요?"

어떻게 대답해야 할까?

사파의 사람이 오랜 기간 표국에 머물러 있는 것은 좋은 일이 아니었다.

비록 천마신교에 의해 정도맹의 기세가 주춤했지만 사천성은 분명 정도맹의 영역.

사파는 물론 마교도 함부로 움직일 수 없는 그런 곳이었다.

초무령이 대답하지 못하고 얼굴에 난감한 기색을 내비쳤을 때 냉하영이 곧바로 입을 열었다.

"저 역시 이곳에 오래 머물 수가 없습니다. 하면 번거롭지 않게 단도직입적으로 이야기를 진행해도 괜찮을는지요?"

"그게 좋을 듯싶소."

냉하영은 고개를 끄덕였다.

초무령이 이 자리가 불편한 만큼 그녀도 이 자리가 썩 편하지는 않았다.

하지만 꼭 알아둬야 할 것 같았다.

누군가가 계속 흑월회의 정보망을 흔들어 놓고 있었기 때문이다.

그 탓에 아직까지 초류향에 대한 세부적인 정보를 얻지 못하고 있었다.

그래서 결국 참다못해 냉하영이 직접 이곳까지 온 것이다.

사실 정보 조작을 하고 있는 곳이 어디인지는 어느 정도 짐작이 갔다.

하지만 사실을 확인해도 별 도리가 없었기에 모르는 척 내버려 두는 중이었다.

'정도맹…… 언젠가 이 빚은 반드시 갚겠습니다.'

냉하영은 자신에게 수고를 끼친 정도맹 정보 조직을 떠올리며 내심 이를 갈았다.

"용건이 뭐요?"

초무령의 질문에 냉하영은 주변을 슬쩍 둘러보았다.

그녀의 눈과 감각에는 분명 아무도 없었다.

'하긴 누가 들어도 상관없겠지.'

아니, 오히려 누군가가 들었으면 싶었다.

냉하영은 조심스러운 눈빛으로 초무령을 바라보며 입을 열었다.

"초류향이 국주님의 아드님이 맞으신지요?"

상대방에게서 아들의 이름이 나오자 초무령의 얼굴이 대번에 딱딱하게 굳었다.

불길한 느낌.

"우리 아들을 그쪽이 어찌 아시오?"

"우연히 만난 적이 있습니다."

"어디에서 만났소?"

초무령은 가슴이 벌렁거리는 것을 애써 티 내지 않으려 노력하며 냉하영을 직시했다.

냉하영은 그를 똑바로 바라보며 입을 열었다.

"기련산에서 만났습니다."

"기, 기련산?"

기련산이라면 얼마 전에 정마대전이 벌어진 장소가 아닌가?

엄청난 숫자의 사람들이 죽어 나간 그곳에 대체 그의 아들이 왜?

초무령은 애써 흔들리는 마음을 다잡으며 생각에 생각을 거듭했다.

그는 상인이었다.

항상 최악의 경우를 염두에 두어야 했지만 지금은 그러고 싶지 않았다.

"언제 만난 것이오? 내 아들은 누구와 함께 있었소?"

드디어 기다리고 있던 질문이었다.

냉하영은 속으로 슬쩍 미소 지으며 대답했다.

"정마대전이 벌어지기 직전에 그는 천마신교의 고수들과 함께 있었습니다."

초무령의 얼굴이 하얗게 질렸다.

염두에 두었던 최악의 상황이 눈앞에 그려진 것이다.

〈다음 권에 계속〉

외전

백 년의 약속

백 년 전 강호에는 참으로 독특한 사람이 등장했다.

월인도법의 주인.

악중패.

그는 한 자루의 칼로 천하를 뒤흔들었고, 공식적으로는 단 한 번 등장했을 뿐이지만 그 누구보다도 강렬한 흔적을 역사에 남긴 사람이었다.

그가 천하제일인이라 불리게 된 계기.

그것은 지금의 천마신교보다 더한 위세를 떨치던 무림맹을 단신으로 습격한 사건이었다.

*　*　*

그는 참으로 이상한 사람이었다.

어딘가 특별한 구석도 없었고, 조금의 비범함도 느껴지지 않았다.

길가를 지나가다가 만나면 제대로 기억도 못 할 만큼 흐릿한 인상인 것이다.

"으으, 춥다."

평범한 인상의 사내. 그의 허리춤에는 어느 길가에나 버려져 있을 법한 허름한 칼 한 자루가 덜렁거리며 매여 있었고, 옷은 분명히 말끔한데도 어딘지 모르게 지저분해 보였다.

이 지극히 평범한 사내.

그가 가진 유일한 특징을 '굳이' 꼽자면 입가에 은은하게 퍼져 있는 왠지 모를 친근한 느낌의 미소가 전부였다.

"소면 한 그릇만 줘."

"예에."

점소이 이적은 이 평범한 인상의 무림인을 힐긋 보고 낮게 혀를 찼다.

이곳은 무림맹이 있는 하남성 정주였다.

하남성에서는 이렇게 어딘가에 소속되지 않은 무림인들이 함부로 돌아다닐 수가 없었다.

그게 무림맹이 정한 절대적인 규칙.

신원이 불확실한 무림인들은 항상 소란을 일으킨다는 것이 그 이유였다.

하지만 그 뚜껑을 열어 보면 결국 무림맹이 자신들의 강대한 힘을 사방에 과시하려는 목적이 더 컸다.

후루룩—

점소이 이적은 자신이 가져다준 소면을 순식간에 비운 사내가 탁자에 돈을 올려놓고 나가는 것을 보며 고개를 절레절레 저었다.

"잘 먹었어."

"예에. 감사합니다."

이적은 생각했다.

조만간 저 사내도 무림맹에 끌려가 적당히 두들겨 맞고 하남성에서 비참하게 쫓겨날 것이라고.

그러나…….

그날 밤.

이곳에서 소면을 먹고 나간 이 무명의 사내에 의해 단 한 차례도 흠집조차 나 본 적이 없던 무림맹의 정문은 산산이 부서졌고, 천하제일이라 불리던 당대의 무림맹주는 두 조각으로 쪼개어졌다.

그에 더해서 보복을 위해 그를 덮쳤던 무림맹의 최정예 고수들 수천 명이 그의 낡은 칼 아래 목숨을 잃었다.

이것이 바로 강호에 첫 등장과 동시에 천하제일인이 되어 버린 악중패의 화려한 신고식이었다.

하나 그는 이 사건 이후로 종적이 묘연했다.

아무도 그 이후 그의 행보를 찾아내지 못했던 것이다.

*　　*　　*

"너 때문에 번거로운 일을 해 버렸어."

[미안하군.]

평범하지만 약간은 나른하고 느긋한 얼굴의 사내.

악중패는 지금 눈앞에 있는 거대한 존재를 보다가 피식 웃었다.

"뭐 생각해 보면, 나에게도 신선한 경험이었지. 제법 나쁘지 않았다고나 할까?"

[그것은 다행이군.]

"그래, 어찌 되었든 너의 부탁은 이것으로 완벽하게 들어주었지? 이제는 네가 내 부탁을 들어줘야 할 차례야."

[나는 한번 한 약속은 반드시 지킨다. 인간.]

"그렇겠지. 그걸 아니까 너를 이렇게 어렵게 찾아왔지."

악중패는 작게 흥얼거리며 자신의 품 안에서 하나의 책자를 꺼내었다.

"잠시만 기다려 줄래? 내용은 이미 완성이 됐는데 아직 간단하게 적을 것이 남아서 말이야."

[그러지. 나에게 시간은 많으니까.]

"그래? 그건 좀 부럽다."

악중패는 다시 콧노래를 작게 흥얼거리며 미리 준비한 대롱에서 붓을 꺼내 들었다.

그리고 바닥에 대충 아무렇게나 깔아 놓은 책자 안에 무언가를 빠르게 써 내려가기 시작했다.

"흐음."

한참 무언가를 써 내려간 그는 그것을 한 번 확인한 후 잘 덮은 다

음 제일 앞 장을 펼쳐 놓고 한동안 고심했다.

그러다 마침내 씨익 웃으며 하나의 제목을 책에 적어 넣었다.

월인도법

악중패는 그것을 그의 눈앞에 있는 거대한 존재.

용이 되지 못한 이무기에게 내밀었다.

"자, 이거야."

이무기는 악중패가 내미는 그것을 내려다보며 입을 열었다.

[그것이 네가 말하던 새로운 세상의 진리인가?]

"그래. 내가 엿본 삼라만상의 일부지."

[백 년도 못 사는 인간이 삼라만상을 논하는 것은 너무도 광오하군.]

"난 그럴 자격이 있어. 보면 알잖아?"

이무기는 잠시 어이없다는 얼굴로 악중패를 내려다보다가 희미하게 웃었다.

[내가 만난 인간들은 하나같이 겸손함을 모르는군. 원래 인간들은 다 그러한가?]

"다른 놈들은 모르겠지만 나는 겸손해. 지나칠 정도지."

[……겸손함의 뜻을 모르는 거냐, 너는?]

악중패는 빙긋 웃으며 말했다.

"내가 마음만 먹었으면 세계 정복도 문제없었다고. 겸손하고 욕심이 없어서 이 정도로 조용히 지내는 거지."

이무기는 한동안 이 맹랑한 인간을 가만히 바라만 보고 있었다.

황당했던 것이다.

그때 악중패가 자신이 건넨 비급을 내려다보며 입을 열었다.

“어찌 되었든 내 대에는 이것을 받아들일 만한 놈이 없어. 모두가 멍청이들뿐이라 내 깨달음을 이해할 수 있는 놈이 없는 거지. 너는 이것을 간직하다가 후대에 이걸 받아들일 만한 놈에게 전해 줘. 그게 너의 부탁을 들어준 조건이야.”

이무기는 고개를 끄덕이며 대답했다.

[너의 부탁은 반드시 이루어질 것이다. 괴상한 인간.]

악중패는 주변에 있는 바위에 아무렇게나 걸터앉아 잠시 공허한 눈으로 하늘을 바라보았다.

“나 역시 인간이지만 인간은 믿을 수가 없어서 너를 찾아왔어. 그러니 너는 반드시 내 선택이 옳았음을 증명해 보여야 할 거야.”

용이 되지 못한 이무기는 흐릿하게 웃었다.

[뛰어난 인간들은 모두가 비슷하군. 남을 믿지 못하고 스스로의 힘만을 믿지. 나는 너와 닮은 녀석을 하나 알고 있다. 그도 너와 마찬가지로 나에게 무언가를 맡겼지.]

아득한 곳을 바라보듯 아련하던 악중패의 눈동자에 짙은 호기심이 떠올랐다.

“그래? 과거에도 나와 같은 인간이 있었나? 그건 좀 의외로군. 그가 너에게 무엇을 맡겼지?”

이무기는 저 먼 곳을 응시하며 흐릿하게 웃었다.

[너와 비슷한 것을 부탁했다. 그 역시 스스로가 평생을 걸려 얻은

무언가를 후대에 남기고 싶어 했으니……. 당대에는 알맞은 후예를 찾지 못해 나에게 그것을 부탁했지. 그것도 벌써 천 년 가까이 된 이야기군.]

"천 년이라……."

악중패는 이무기가 말하는 어마어마한 시간을 곱씹다가 피식 웃었다.

그리고 엉덩이를 툭툭 털고 일어서며 말했다.

"이제 이곳을 내 무덤이라 소문만 내면 되는 건가?"

[그래. 최대한 조용하게.]

"좋아. 최대한 조용하게 소문을 내도록 하지."

이것이 천하제일인 악중패와 이무기 천노.

그들 사이에서 이루어진 은밀한 거래였다.

그리고 그 약속이 이행되기까지는 무려 백 년의 시간이 걸렸다.

설정집 3

무공 경지에 관하여 -1

기본적으로 현재 무림에서의 무공 경지는 크게 다섯 단계로 분류된다.

1. 삼류 무사

이들은 내공을 거의 다루지 못하고 외공(육체적인 근육의 힘)만을 주로 다룬다.

기본적으로 내공 심법이라든가 호흡법을 배우지 못하고 무턱대고 몸만 사용하는 수많은 강호의 낭인들이 여기에 속하게 된다.

이들은 수박 겉핥기식으로 무공을 익힌 경우가 많은 대신, 외공의 힘에 치중했기에 대부분이 근육을 키워 덩치가 크다.
이 상태에서 호흡법을 익혀서 내공을 다룰 수 있게 되어야 다음 단계로 갈 수 있는 길이 열린다.

2. 이류 무사

삼류 무사가 외공만 다룰 줄 안다면, 이류 무사들은 외공에 기본적인 호흡법을 더하여 미약하지만 내공을 사용해서 파괴력을 한 단계 끌어 올린 경우를 말한다.
이류 무사 한 명은 삼류 무사 열 명도 쉽사리 상대할 수 있다.
강호의 명문 세가들은 가문의 사람들에게 그들의 오랜 전통과 힘을 바탕으로 만들어진 호흡법부터 전수를 하게 된다.
육체를 다루는 것은 그 다음의 일.
호흡을 다룸으로써 몸 안의 기운(내공)을 움직이는 방법을 먼저 깨닫게 한 후 몸 쓰는 법을 알려 준다.
그러니 엄연히 따졌을 때 강호 명문 세가의 후계자들은 처음부터 이류 무사에서 시작하게 되는 것이다.

3. 일류 고수

내공과 외공이 서서히 조화를 이루는 단계로, 몸 안의 내공을 외부로 뽑아 내어 쓸 수 있는 단계다.

이때부터 어렵사리 검기를 다룰 수 있게 되며 숙련도에 따라 다르지만 보통 일류 무사 한 명이 이류 무사 열 명을 감당할 수 있다.

강력한 검법이나 도법을 익혔다면 그 초식을 사용해서 강제로 검기를 뽑아 쓸 수 있게 된다.

대신 이것은 편법이라 내공의 소모가 극심하기 때문에 많이 사용할 수가 없고, 그에 따라 몸의 균형도 쉽사리 무너지게 된다.

명문 세가의 자손들은 대부분 일류 수준까지는 무사하게 도달한다.

그들은 좋은 스승을 두고 좋은 무공을 배우기 때문에 젊거나 어린 나이에도 쉽사리 도달할 수 있는 것이다.

하나 낭인들은 일류 수준에 도달하기가 참으로 어렵다.

일류 고수 단계에서부터 서서히 명문 세가와 낭인들의 격차가 벌어지게 된다.

대부분의 유명한 후기지수(다음 세대의 고수들)들이 일류 고수거나 절정에 막 도달한 수준이다.

현재 남궁옥빈과 팽가호가 일류에서 중간 단계를 넘어서고 있고, 공손아리가 일류에 겨우 들어가는 수준이다. 냉하영은 일류에서 막 절정으로 넘어서는 단계를 밟고 있다.

4. 절정 고수

검기를 자유자재로 다루는 수준의 고수.

이때부터 일파의 수장이거나 그에 준하는 위치에 있는 사람들이 포함된다.

아주 뛰어난 후기지수들이 간혹 절정의 경지에 올라가게 되는 경우가 종종 있는데, 만약 삼십 세 이전에 절정의 경지에 도달하게 되면 그들은 한 문파를 이끌어 나갈 대들보, 혹은 천재라고 불린다.

강호에서도 이 절정의 고수들은 그만큼의 대접을 받고 있고, 어딜 가나 자신의 몸 하나 정도는 지킬 수 있다고 알려져 있다.

절정 고수를 많이 보유하고 있는 문파일수록 그 세력이 넓으면서 강력하고, 절정 고수들이야말로 그 문파의 진정한 힘을 측정할 수 있는 척도이다.

절정 고수 혼자서 일류 고수 열 명을 무난하게 감당할 수 있으며, 그 숙련도에 따라서 일류 고수를 스무 명이나 서른 명까지도 도륙할 수 있다.

절정 고수부터는 같은 경지의 고수라도 그 수준 차이가 극심하다.

예컨대 이제 막 절정의 경지에 들어선 자와 절정의 끝에 다다른 자는 비교가 불가능할 정도로 어마어마한 차이가 있다.

이 절정의 고수들 중에서도 천하에서 손꼽는 강력한 무공을 익혀서 강제적으로 어설프게나마 강기를 뽑아낼 수 있는 경우가 있는데, 이들이야말로 각 문파의 최고 고수라고 할 수 있다.

이런 고수들을 많이 보유한 문파일수록 대문파들 사이에서도 그 발언권이 강하다.

강기를 억지로라도 뽑아 쓸 수 있는 절정 고수들이 바로 화경의 경지를 눈앞에 두고 있는 실력자들을 뜻하며, 이들 중에서 화경의 경지에 도달하는 자가 나오게 된다.

현재 엄승도, 임학겸이 절정의 고수이다.

5. 초절정 고수(화경의 고수)

눈에 보이지 않는 내공을 육체 바깥으로 뽑아내어 유형화시킬 수 있는 경지.

이 단계의 고수는 강호 전체에 영향력을 끼칠 수 있는 명실상부한 최강의 고수다.

절정에서 화경으로 넘어서기 위해서는 눈에는 보이지 않는 어떠한 거대한 벽을 부숴야만 하는데, 이것은 단순히 노력이나 시간으로 해결되는 것이 아니라 영혼을 꿰뚫는 어떠한 깨달음이 동반되어야만 가능하다.

어찌 되었든 눈앞을 막고 있는 거대한 벽을 부수는 순간, 인간이 이룰 수 있는 최고의 경지라 평가되는 화경의 경지에 도달하게 되며, 육체가 환골탈태를 거쳐서 무공을 펼치기에 가장 적합한 상태로 재구성된다.

전신에 내력이 막힘없이 흐르며 굳이 초식을 사용하지 않아도 내공을 자유자재로 다룰 수 있는 경지다.

파괴의 정점이라 불리는 강기류 무공을 자유자재로 다룰 수도 있고 그 숙련도나 깨달음에 따라서 이기어검술이나 격공장을 쓸 수 있게 된다.

화경의 고수는 절정의 고수 서른 명을 무난하게 상대하며 그 숙련도나 무공에 따라서 오십, 심하면 백 명까지도 혼자서 도륙할 수 있게 된다.

대문파를 제외하고 각 지역에서 행세깨나 한다는 문파들이 절정 고수가 채 삼십 명이 안 되는 점을 감안할 때, 혼자서도 어지간한 문파 하나를 찜 쪄 먹을 정도의 고수라는 소리다.

이 경지에 도달하게 되면 강호에서 가장 강한 스무 명 중에는 무조건 들어가게 되며, 그 개인이 마음먹기에 따라서는 새로운 문파 하나를 만들 수도 있는 경지다.

스스로가 무공을 만들 수도 있으며 기존의 무공을 완전히 뜯어 고칠 수도 있는 경지.

그것이 바로 화경의 경지다.

하나 이 화경의 경지 역시 깨달음의 정도에 따라서 그 수준이 극명하게 갈리게 된다.

그래서 현재의 구주십오객 열다섯 명.

삼황(三皇), 오제(五帝), 칠군(七君)이 제법 명확하게 나뉘게 된 것이다.

* * *

마지막으로 등급으로 나눌 수 없는 최고의 경지.

신입의 경지가 있다.

이것은 애초에 존재하는 것인지, 그냥 뜬구름 잡는 소리에 불과한지 말이 많았던 경지라 예외로 규정한다.

현재까지 공식적으로 이 경지에 들어섰다고 알려진 자는 공손천기가 유일하다.

실제로 공손천기 이전의 몇몇 고수들도 이것에 근접했다고 논란이 있었지만, 그들이 직접적으로 무력을 외부에 드러내 증명한 적이 없었기에 확실하지는 않았다.

악중패는 다들 신입의 경지라고 말하고는 있지만 워낙 강호에 등장한 빈도가 적었고, 그가 딱히 그 영향력을 발휘했던 적도 없기 때문에 논외로 친다.

그만큼 현재의 공손천기가 이룬 것이 어마어마하고, 그가 강호에 끼치는 영향력 또한 절대적이다.

무림사에 기록될 하나의 역사를 만든 사람.

그가 바로 공손천기다.

신입의 경지를 온몸으로 증명하고 있는 그로 인해 강호인들에게 새로운 경지에 대한 확신을 준 것이다.

* 무공의 경지에 대한 설정집은 여기까지입니다.

자질구레한 보충이나 세부적인 것은 적지 않고 큼직한 내용만 다루었습니다.

같은 경지라 하더라도 실제로는 위의 내용보다 훨씬 더 복잡하고 단계가 많습니다. 그것을 염두에 두고 보아 주셨으면 좋겠습니다.

신룡의 주인
『더스크 하울러』, 『환수의 주인』의 작가!
태선 판타지 장편소설
알테리온가의 막내아들 샨,
알에서 태어난 특급 용 카이.
평범하지 않은 둘의 좌충우돌 학교생활이 시작된다!
dream books
드림북스

天下第一

천하제일

ORIENTAL FANTASY STORY & ADVENTURE

장영훈 신무협 장편소설

완전판으로 돌아온 NAVER 웹소설
무협 부문 최고의 인기작!

1년 후 강호가 멸망한다.
그것을 막을 자는 인시에 태어난 이화운뿐.
그를 찾아 위기에 빠진 강호를 구하라!

미모와 실력을 겸비한 여인 설수린, 수수께끼의 사내 이화운.
예견된 운명을 뒤집으려는 그들의 파란만장한 여정이 시작된다.

dream books
드림북스